Copyright © 2022 by Heloisa Prieto
Edição original em inglês publicada por Koehler Books. 3705 Shore Drive, Virginia Beach – Virginia – 23455, USA. Acordo via Licensor's Agent: DropCap Inc. Todos os direitos reservados.

Título original: *The Musician*

Direitos de edição da obra em língua portuguesa no Brasil adquiridos pela EDITORA NOVA FRONTEIRA PARTICIPAÇÕES S.A. Todos os direitos reservados. Nenhuma parte desta obra pode ser apropriada e estocada em sistema de banco de dados ou processo similar, em qualquer forma ou meio, seja eletrônico, de fotocópia, gravação etc., sem a permissão do detentor do copirraite.

EDITORA NOVA FRONTEIRA PARTICIPAÇÕES S.A.
Av. Rio Branco, 115 · Salas 1201 a 1205 · Centro · 20040-004
Rio de Janeiro · RJ · Brasil
Tel.: (21) 3882-8200

DADOS INTERNACIONAIS DE CATALOGAÇÃO NA PUBLICAÇÃO (CIP)

P494m   Prieto, Heloisa
           O músico / Heloisa Prieto; traduzido por Victor Scatolin; prefácio por Estas Tonne; posfácio por Daniel Munduruku. – Rio de Janeiro: Nova Fronteira, 2024.
           192 p.; 15,5 x 23 cm
           Título original: *The Musician*
           ISBN: 978.65.5640.901-6

           1. Literatura americana. I. Scatolin, Victor. II. Título.

CDD: 808.8
CDU: 82-32

André Felipe de Moraes Queiroz - Bibliotecário - CRB - 4/2242

Conheça outros livros da editora:

*Aos meus queridos amigos Karai Papa Mirim,
Olivio Jekupe, Maria Kerexu, Aparício, Kamila Pará Mirim,
Jeguaka Mirim, Tupã Mirim, Ailton Krenak, Kaká Werá e,
naturalmente, Daniel Munduruku.*

*A autora agradece a Victor Scatolin pela tradução e,
em especial, a "transcriação" do poema "El Desdichado",
de Gérard de Nerval, atribuído ao personagem Thomas.*

*A Estas Tonne agradece por todas as leituras, sugestões,
estímulo e sua música inspiradora, a trilha sonora desse livro.*

SUMÁRIO

PREFÁCIO 9
Diário de Thomas 10
Segredo sonoro 13
Constelações escritas 16
Diário de Thomas 20
André e Manuel 21
Diário de Thomas 24
A fonte 25
Diário de Thomas 28
A roteirista 29
A filha da chuva 33
O chamado 35
Diário de Thomas 37
Sonhos voadores 38
Vera 41
Gabriella 45
Amizades instantâneas 48
Diário de Thomas 54
Sobre musas e deuses 56
Diário de Thomas 59
O trovador 60
Orfeu 67
Na casa de Gabriella 70
Ausência 72
Diário de Thomas 77
Peixe, raposa e pássaro 78
Troca de segredos no jardim 81
Dançando conforme a música 86
Captura 89
Viagens proibidas 92
A reunião 94

Agora **98**
Diário de Thomas **102**
Manuscritos **103**
A teia **107**
Seda branca **112**
Canção de ninar para embalar pesadelos **114**
Bem-vindos aos Órficos **116**
Entoando uma prece sob as estrelas **118**
Diário de Thomas **119**
Um brinde a Orfeu **121**
Melancólica melodia **126**
Alma estelar **128**
A promessa **131**
Vida é verdade **134**
Terra céu **136**
A derradeira canção **137**
Reconexão **141**
Café puro **146**
Na estrada **150**
Sem palavras **152**
Espíritos dançarinos **154**
A estrada do tatu **159**
De volta para casa **162**
O convite **166**
Viva a diferença **170**
A música das árvores **172**
A contadora de histórias **175**
Cinco cordas **178**
Diário de Thomas **181**
Simples e verdadeiro **182**
Assim como está em cima, está embaixo **185**
POSFÁCIO **188**
SOBRE A AUTORA **190**

PREFÁCIO

ESTAS TONNE

Num mundo recheado de contradições, um rio sutil, numa linha narrativa, corre seu curso. Esta é a história de alguém que percorre estradas do tempo, aprendendo coisas que ninguém mais consegue imaginar. O que evolui em si, talvez, seja só a própria consciência em cada um e em todos.

Certos aspectos da natureza humana não mudaram tanto ao longo dos séculos. Ganância, ciúme, controle, manipulação, bem como a partilha, o apoio, a aventura, o amor e a bondade sempre estiveram presentes. A diferença entre a Idade Média ou a Grécia Antiga para os dias de hoje, contudo, é enorme, especialmente quanto à informação que, agora, facilmente conseguimos acessar.

Observando o processo criativo deste lindo livro escrito por minha querida amiga Heloisa Prieto, pude experimentar, como em cenas de cinema, o desenvolvimento dos capítulos e de todos os personagens. Um músico, um professor, dois irmãos meninos, uma alma perdida, uma jovem indígena e seu avô. Todos eles habitam intensamente essas páginas e exprimem como signos vivos suas singularidades.

O que a vida, dia a dia, nos ensina? Qual o propósito das nossas histórias em nossa experiência cotidiana? Cada perspectiva nos ensina sobre o mundo, sobre a vida e sobre nós, é claro, acima de tudo.

Tenho a sensação de que o leitor será levado numa viagem na qual os arquétipos que representam o "bem" e o "mal" são refletidos nitidamente nestas páginas. Tal espelho é uma excelente oportunidade para a humanidade perceber que participamos da grande história chamada vida, em que todos os opostos têm seu papel a cumprir e na qual saber é recordar.

Eventualmente, como mágica, essa observação vai nos levar a alguns questionamentos fundamentais e nos convidará a relembrar saberes.

Você é capaz de ouvir o som mágico da alma que o trouxe até aqui cantando a sua canção da eternidade?

- DIÁRIO DE -

Thomas

DIÁRIO DE **Thomas**

QUATRO SEGREDOS

1 – O mundo é habitado por todos os tipos de criaturas.
2 – Certas criaturas são estranhas, outras não.
3 – Certas criaturas estranhas são reais, outras não.
4 – Para ver o mundo como ele realmente é, deixe de lado palavras como "estranho", "real" ou "imaginário".

SEGREDO SONORO

Thomas estava à beira de uma crise de pânico. Tudo parecia loucamente fora de controle. Como assim? Por quê? Ele respirava lentamente, sua mente tentava encontrar o momento exato em que as coisas deram errado.

Antes de sair de casa, ele havia colocado todos os seus papéis com cuidado em malas separadas. Ele sabia que alguma coisa estava fora da ordem natural no momento em que acordou e percebeu que um belo sonho se apagara de sua mente. Não era um sinal auspicioso perder os bons sonhos.

Ele olhou o espaço ao redor. Thomas não gostava de ter seu espaço estuchado de sofás e mesas. Os convidados eram raros e sempre diziam que ele era um minimalista, talvez para não lhe dizer que o achavam um cara incomum. Livros e cadernos cuidadosamente empilhados espalhavam-se por toda parte, parecendo pequenos edifícios coloridos. Mesas baixas, de madeira, eram também cobertas por livros, exceto uma, que Thomas usava para as refeições. Quase nenhuma cadeira, já que ele gostava de ler, tocar seu violão e comer de pernas cruzadas no chão lustrado, coberto por tapetes asiáticos. Numerosos instrumentos musicais viviam recostados nas paredes brancas, como se fossem árvores de uma bela floresta musical.

Thomas mantinha suas malas perto da porta como se estivesse sempre prestes a viajar. A mala marrom, a maior delas, guardava seus diários; a mala preta, os documentos; a vermelha era para todas as agendas, as velhas e as novas; a mala verde cheia de listas de tantas coisas por vir e, finalmente, a mala cinza, cheia de fotos, rabiscos, restos de ideias, sonhos confusos e visionários. A mala menor, na verdade uma mala de mão, guardava esboços, fotos da sua infância e também suas fotos de céus, montanhas, luas, lagos, estrelas e do mar...

    Ele tocou lentamente todas as malas e, de alguma forma, sentiu-se aliviado. Tudo parecia estar sob controle. Olhou de relance no celular. Dava tempo de tomar com tranquilidade uma xícara de café. Thomas olhou mais uma vez para suas malas antes de ir para a cozinha. As malas estavam todas quietas. Nenhuma criatura tentava fugir de suas páginas. Respirou fundo. Desde quando era um garotinho ele via e ouvia seres musicais. Primeiro sentiu a presença deles como sons e sombras, enquanto ainda era um bebê no berço. Sombras sonoras comoventes, tão amigáveis e belas que ele podia passar horas apenas vendo-as dançando descalças a sua volta. Levaria anos para ele perceber que outras crianças, muito menos adultos, não conseguiam ver ou ouvir seus doces amigos melódicos.

    — Meu filho ama seus amigos invisíveis — dizia sua mãe a seus professores que o tinham como um moleque maluco. — Muitas crianças têm amigos invisíveis, isso é bem comum — sua mãe insistia.

    Era inútil. Os professores nunca o tratavam como às outras crianças. Pelo menos era assim que ele se sentia.

    Deixando de lado suas lembranças, Thomas olhou para fora da janela. Estava um dia lindo. Ele vestiu o casaco e o chapéu, pretos, cobrindo seus longos cabelos negros. Olhou de relance para o espelho e sorriu. Elas estavam sempre com ele. Criaturas musicais. As secretas criaturas de som. Num relance, viu vários seres sorrindo de volta para ele. Dançavam dentro e fora do espelho tão rápido que ele dificilmente conseguia seguir seus pequenos e precisos movimentos. Era um dia de viradas. Ele assim sentia. Uma vida inteira passada em companhia da música certamente havia ampliado sua cabeça e seu coração. No entanto, ele não tinha ainda desenvolvido inteiramente seus próprios olhos musicais. Ele conseguia sentir muitas coisas, até mesmo o futuro, mas não prevê-lo. Os olhos devem ver, não ouvir. O que pode acontecer quando os olhos ouvem?

Thomas levou um tempo para decidir qual violão ele tocaria naquele domingo. Cada instrumento guardava seus próprios segredos. Além disso, ele não tinha certeza se deveria tocar, escrever ou desenhar. Tudo o que ele queria fazer era sentar-se em um banco perto da fonte, deixando que o sol acariciasse seu rosto. E ver suas criaturas musicais se lavando em águas límpidas. Sentir-se vivo, apenas um humano, desfrutando do poder de ser ele mesmo.

No entanto, olhou pela janela e viu o ponto de táxi lá fora. Ele olhou para o lado e percebeu que deixara sua viola espanhola encostada na parede. Pronto. Ela seria sua companheira naquele dia. Thomas pegou o grande case preto, depois pôs sua viola nas costas e entrou no táxi.

Hora do almoço. Thomas adorava observar as pessoas sentadas em refeições familiares, conversando, fazendo uma pausa do trabalho para compartilhar as notícias diárias. Qual seria a sensação de ter uma vida pacata e previsível? Thomas tinha certeza de que nunca seria capaz de descobrir. De certa forma, ele ansiava ser como qualquer outra pessoa, vivendo apenas 24 horas por dia. Ao mesmo tempo, sua curiosidade por novos lugares e terras o mantinha incansavelmente na estrada. Tinha quase certeza de que sua vida era trilhar o caminho dos músicos nômades. Cada vez que atravessava fronteiras, sentia como se quisesse entrar em uma terra atemporal. Um lugar pacífico, sem fronteiras, sem começos, sem meios, sem fins. A vida como ela é.

CONSTELAÇÕES ESCRITAS

Marlui queria sentir a chuva com seus dedos.

Ela tocou a janela do trem e só então lembrou que, lá de dentro, não podia sentir as gotas de chuva.

"Criança da chuva", seu avô Popygua a chamava. Em sua aldeia, no coração da floresta, todos tinham dois nomes: o oficial, para documentos, e o secreto e mágico.

Seu nome lhe havia sido revelado por seus antepassados durante uma bela cerimônia. Marlui e duas outras meninas foram abençoadas com orações musicais. Popygua, o pajé, cantava diante delas enquanto todos os quatro estavam sentados na beira do rio.

O sol se punha e Marlui estava hipnotizada por seus intensos raios transitórios. Jamais se esqueceria: ali estava ela, curtindo a voz e o som de Popygua quando, de repente, conseguiu imaginar a terceira margem do rio, o reino de seus antepassados. Ela não conseguia realmente ver suas enormes árvores movendo ramos verdes, nem ouvir o canto deslumbrante dos pássaros, nem mesmo captar as palavras ditas por sua falecida bisavó que estava lá, viva novamente, apenas sorrindo e acenando para ela. Não era uma visão, rompendo com a realidade e impondo-se na mente. Não era um sonho regular, porque seus olhos estavam bem abertos. Marlui sentia como se um novo reino lhe tivesse sido revelado, uma terra secreta que o rio não revelaria facilmente, um presente apenas para seus olhos. Gotas suaves de chuva caíram sobre seus cabelos e Popygua acariciou sua cabeça:

— Gota de chuva sorridente, esse é seu nome secreto — disse ele —, mas vou te chamar de minha Criança da Chuva. Será o seu codinome. Eu te ensinarei como se conectar com os Espíritos da Chuva, minha neta.

A partir daquele momento, o terceiro rio sempre fazia jorrar gotas mágicas de seus olhos e era como se ela assim habitasse dois universos paralelos. Na maioria das vezes ela se sentia capacitada e privilegiada por ter duas realidades à sua disposição, mas havia dias em que ela tinha que ter cuidado para não perder as coisas concretas de vista, para não acabar tropeçando na escada da estação e não compartilhar seus segredos com pessoas que só podiam ver e se relacionar com uma única realidade.

Marlui olhou através da janela do trem e correu com os dedos ao longo das gotas da chuva tecendo desenhos. Um longo rabo de peixe esticado em uma cabeça de coruja com grandes braços de macaco. A mais estranha combinação que a chuva já havia lhe mostrado.

De repente, reparou numa página simplesmente pendurada na janela molhada. Palavras se derretendo contra o vidro e o vento esmagando a sua criatura. Um xadrez de estrelas?

Palavras despencando de constelações escritas. Outra página. Marlui desejou que as palavras e imagens ficassem no vidro o tempo suficiente para que ela entendesse seus significados. Mas não.

Marlui deixou a estação para ir ao centro da cidade.

Ela ainda estava intrigada com os poemas que se dissolviam contra o vidro. Então tentou apenas afastar aqueles pensamentos. Havia tantas pequenas tarefas à sua frente, como coletar documentos da pesquisa para aulas na universidade, depois, comprar brinquedos para as crianças da comunidade, ir até a loja de departamento e achar um cobertor espesso e quente para seu avô.

Mas, antes de tudo, queria mesmo era comprar um sorvete e sentar-se calmamente ao lado da fonte na praça. Ela não gostava do trânsito, sempre achou que havia gente demais nas ruas e sentia falta do silêncio da floresta sempre que ia à cidade.

Exceto pela fonte da praça. Adorava os pássaros, os velhinhos jogando dama, xadrez ou carteado, pintores vendendo retratos, crianças dançando ao redor e muita música.

Sempre tinha música ao vivo na praça.

Naquele dia em particular, Marlui veio à fonte logo no momento em que um jovem acabara de tirar seu violão do case para começar a tocar. Sentado no banco, de costas para a fonte, o músico estava cercado por dois garotos, então ela procurou um lugar próximo a eles. Ele tirou seu chapéu preto, como que cumprimentando-a. Ela sorriu de volta. Ele afinou o violão e, quando começou a tocar, Marlui sentiu como se a música dele a saudasse novamente.

De repente, o vento fez voar o caderno. Ele estava cheio de post-its e páginas soltas. Os meninos saíram do banco e correram por toda a parte, tentando apanhar os pedaços de papel e as páginas que vagavam no ar. A maior parte das pessoas que conseguia pegar as páginas espalhadas se sentia curiosa e no direito de lê-las. Apenas algumas não se davam ao trabalho, mas Marlui rapidamente percebeu que ninguém as jogava fora ou tampouco as devolvia ao jovem músico como se tivessem sido hipnotizadas pelo feitiço daquelas páginas.

De repente, o vento derrubou o chapéu da cabeça do músico e seu cabelo virou um chumaço negro, cobrindo seu rosto bonito e grandes olhos. Marlui adoraria abraçá-lo com afeto. E ficou sentida pela perda dele. Ela não entendeu aquele afã do roubo. Por que as pessoas não devolveram ao músico suas valiosas páginas? Por que pegá-las?

Marlui fechou os olhos e rezou para que a chuva silenciasse o vento. Não foi uma oração fácil. Não é tão fácil quanto chamar a chuva para cair, porque os espíritos da chuva adoram dançar na terra. Agora, para empurrá-los de volta para o céu, ela teria que entregar aos espíritos seus sonhos. Isso significava pelo menos três estranhas noites de insônia. Ela hesitou.

Mais uma página acabou pousando em seu banco.

Era um desenho agora. A cabeça de um dragão negro típico segurando um tesouro em sua boca. O tesouro era um instrumento excepcionalmente belo, metade violão, metade flauta.

A garota sussurrou para os espíritos da chuva.

O vento foi embora. A chuva parou. Com os olhos da mente Marlui podia ver os espíritos da chuva dançando para cima, cruzando o horizonte, largando arco-íris em seus rastros. Ela sorriu.

O jovem músico sentou-se no banco novamente.

Colocou cuidadosamente seu caderno e as páginas e restos soltos de papel ao seu lado. Começou a tocar novamente, mas mudou a melodia, produzindo uma doce canção de ninar. Olhou para Marlui e sorriu como se quisesse agradecer. Como se ele pudesse sentir os espíritos da chuva arrancando as nuvens de lá. "Será que podia percebê-los também?", ela pensou.

Marlui retribuiu o sorriso dele e deixou que a música a levasse em uma bela viagem em algum lugar nas nuvens.

DIÁRIO DE **Thomas**

Guarani
Krenak
Munduruku
Macuxi
Bororo
Pataxó
Potiguara
Fulni-ô
Tukano
Surui Paiter
Terena
Xavante
Yanomami
Krahô
Existem ao menos 305 povos originários no Brasil.

PÁGINA 17

ANDRÉ E MANUEL

Certas pessoas já nascem sabendo que os dragões existem...

André não perderia seu tempo explicando essa simples verdade a Jonas, seu pai e melhor amigo. Era inútil e ele sabia disso.

Para André, dragões não precisavam necessariamente pertencer a cavernas de conto de fadas. Os dragões também podiam voar perto de arranha-céus, como o garoto os via voando o tempo todo.

André não só via dragões no céu como seus olhos podiam agarrá-los nos vidros das janelas e para-brisas, trazidos pelos ventos do inverno para dentro do seu próprio coração.

Dragões, acima de tudo, eram seres metamórficos. Eles podiam se transformar em dragões compostos, metade crianças, metade animais comuns, como cães e gatos, metade mágicos, metade reais.

Ele sabia, desde bem pequeno, que as pessoas nunca viam as mesmas coisas. Algumas pessoas têm olhos para ver, outras só para olhar. Mas uma coisa o deixou feliz: seu irmão, Manuel, certamente podia vê-los.

No começo, em casa, na sua festa de aniversário de oito anos, Manuel quebrava todos os brinquedos rapidamente. Ele arrancava cabeças, braços, rodas e asas. E sua mãe suplicava para ele não fazer isso. Logo veio uma grande surpresa: Manuel começou a inventar novos brinquedos, os brinquedos mais malucos jamais imaginados, misturando partes do corpo e outras peças de formas inusitadas.

Cavalos de plástico tinham rabos de peixe, corpos humanos com cabeças de dragão e patas caninas, e toda uma gama de combinações esdrúxulas que de alguma forma combinavam bem.

De noite, silenciosamente, os brinquedos se transformavam em outros seres. Quando a mãe deles reclamava que Manuel nunca dormia, porque varava madrugadas brincando de inventar brinquedos, eles não lhe contavam o que faziam de fato. Não era algo em que os adultos pudessem facilmente acreditar.

A verdade é que os meninos não faziam nada de mais.

Os brinquedos meio que se recriavam sozinhos, como que por música. A sala se enchia de melodias que só os dois irmãos podiam ouvir. Era tão tranquilo que entravam num estado de transe entre mundos, a felicidade mais feliz de todos os tempos.

E os corações dos dois riam. Era uma enorme diversão!

Sempre que Gabriella, a mãe deles, entrava no quarto dos filhos, sentia orgulho daquela felicidade.

"Meus dois anjinhos, tão amáveis e amados por todos ao redor. Crianças, demasiado crianças...", pensava ela.

Naquela noite, em especial, Gabriella foi deitar-se perguntando-se por que seus dois filhos tinham insistido tanto para que ela os levasse até a praça da fonte, depois da aula, no dia seguinte.

— André, você está estudando sobre os monumentos da cidade na escola? — ela perguntou.

— Não.

— Pra que quer ir lá então?

— Arranjei um novo amigo. Vou me apresentar e dar um brinquedo pra ele.

— Na praça da fonte? Como assim? Mas quem é ele?

— Não sei o nome dele. Só sei qual brinquedo vou dar.

— Querido, isto é uma loucura. Mesmo para um menino sonhador como você... As pessoas andam sempre apressadas, além disso, não gosto que nenhum de vocês fale com estranhos.

— Mas ele não é um estranho. Ele é um amigo nosso. Eu sei disso! — insistiu o garoto.

— Bem, vamos lá então pra ver a fonte — disse Gabriella, sorrindo. — Vou chamar seu pai para vir conosco. Afinal, a praça fica a dois quarteirões da universidade. E também podemos aproveitar para lanchar depois.

Gabriella pegou as chaves do carro, o celular e mandou uma mensagem de texto para Jonas, seu companheiro, pedindo que ele os encontrasse na fonte, após a aula. Quando ela abriu a porta do carro, lembrou-se de uma das suas frases favoritas: "O que é a vida senão um sonho?"

Ela sorriu para si mesma. Palavras de Lewis Carroll. Esse era seu slogan. Como então poderia negar a infância a seus filhos?

— Vamos! A fonte nos aguarda!

Quando entraram no carro, André sentou-se atrás do banco do motorista, seu lugar favorito. Respirou fundo, sorriu para seu irmão, sentado ao seu lado, e olhou para fora da janela. Dragões nebulosos flutuavam soltos pelo céu. E era hora de conhecer um bom e novo amigo.

DIÁRIO DE **Thomas**

SEIS PROVOCAÇÕES

1 – Você vê com os olhos fechados?
2 – Você ouve com a ponta dos dedos?
3 – Você sente aromas sem respirar?
4 – Você sente gostos sem comer?
5 – Você sente sem tocar?
6 – Você sente os cinco sentidos sem usar qualquer um deles?

A FONTE

O terno e o chapéu pretos e a camisa branca de Thomas refletiram na janela do táxi ao sair do carro. Vestia-se num estilo muito peculiar. O chapéu preto pertencera a seu avô, depois ao seu pai e agora a ele. O terno ele encontrou na vitrine de um bazar beneficente e ficou tão obcecado que o comprou.

Caminhou rumo ao centro da praça e notou que seu banco de estimação, bem de frente à fonte, estava livre. Interpretou o banco vazio como um convite. Sentou-se no meio, abriu sua mala, tirou o diário. Salpicava seu corpo a água cuspida pela fonte, choviam sons, ecos de risadas das crianças, e os pássaros chiavam sobre os galhos das árvores. Thomas tirou o chapéu, fechou os olhos e deixou os raios de sol acariciarem seu rosto. Pensou em pegar o diário e anotar algo. Ou só pegar o violão e tocar um pouco?

Não sabendo o que fazer, Thomas apenas se sentou, sentindo um agradável vazio, tornando-se como que uma página em branco pronta para as palavras flutuarem e as notas musicais brotarem de sua própria fonte interna.

Puxou o cabelo para trás e pôs de volta o chapéu. Adormeceu por alguns segundos e acordou com nuvens cinzentas e um vento forte. O chapéu caiu de sua cabeça, pousou no colo e voou longe.

— Poxa, o chapéu do meu vô não!

Cabeças viraram na direção de Thomas, com o violão nas costas, o diário nas mãos, correndo como um louco em busca do chapéu, que parecia ter vida própria, ansiando por liberdade, porque voava, voava, para cima e para baixo, finalmente caindo no colo de um menino que havia sentado no banco de Thomas.

A criança imediatamente colocou o chapéu em sua pequena cabeça com cabelos encaracolados e Thomas hesitou. Como iria tirá-lo do menino agora? O chapéu virou seu brinquedo. E jamais se deve tirar um brinquedo da mão de uma criança. Thomas olhou à sua volta; será que ele devia desistir do chapéu?

Pensou em seu avô. Sentia tanta falta dele... E olhou para a criança. Thomas abriu a boca para pedir seu chapéu de volta.

O riso da criança, o chapéu em sua cabeça fizeram com que ele hesitasse mais um pouco. O menino curiosamente acariciou o case do violão e disse:

— Quem é você?

— Eu sou o Thomas.

O menino devolveu seu chapéu, como se lamentasse tê-lo guardado por alguns minutos. Depois de acariciar o case de Thomas, o menino reparou no caderno ao seu lado.

— Você é um escritor? — perguntou.

Outro garoto, menor ainda, se aproximou deles e perguntou imediatamente:

— Você é músico?

— Eu posso tocar para vocês se quiserem.

Quando Thomas abriu o case do violão, ele deixou cair acidentalmente o diário no chão. Ele sempre guardava pequenas notas e post-its dentro dele e algumas páginas soltas, que se espalharam por toda parte. Notas do passado e do presente, ideias para o futuro, sonhos e planos saíram voando pela praça.

Thomas deixou o violão com os meninos e correu atrás de seus papéis, algumas pessoas tentavam ajudá-lo, outras só riam. Eles não conseguiam ver todos os seres musicais à solta, voando por cima de suas cabeças. Felizmente, os garotos vieram e não só ajudaram Thomas a recolher seus papéis como o mais velho também cantou uma melodia, uma melodia única, inédita, que Thomas já conhecia tão bem. Como o garoto poderia cantarolar uma melodia que Thomas havia pensado ter composto? O jovem músico já ia perguntar ao menino onde tinha aprendido aquela canção quando a brisa cessou.

De repente.

Thomas olhou à sua volta e percebeu que os outros bancos estavam lotados. As pessoas olhavam para ele, provavelmente esperando que ele começasse a tocar.

Um sorriso específico e encantador chamou sua atenção. Uma garota de cabelos muito longos e escuros, olhos grandes, usando sandálias talhadas à mão e um vestido branco de algodão, com contas coloridas no pescoço, parecia divertir-se com a situação toda. Ela olhou em volta e acenou como se lhe pedisse para tocar a música dela. Instintivamente, ele percebeu que ela pertencia ao povo originário da floresta.

Thomas olhou para ela por tanto tempo que se assustou quando o garoto mais velho veio lhe entregar um objeto luminoso: um brinquedo caseiro.

Uma criaturinha primorosa. A cabeça de um dragão, o corpo de um gato gordo, a cauda de um cavalo. Um brinquedo bem incomum. Feito à mão por um garotinho que adorava criar brinquedos malucos, juntando diferentes peças. Um pequeno inventor, um criador de brinquedos. Um infante vidente.

Thomas se sentou no chão, dominado pela sensação de ser menino outra vez.

— Como vocês se chamam? Quero agradecer a vocês — disse ele.

— Eu sou o André, e este é meu irmão Manuel — disse um deles.

— E este é o nosso Dragatão — disse o outro. — Queremos te dar de presente.

— Muito obrigado, fico muito feliz.

Thomas segurou o brinquedo junto ao peito. De alguma forma, sentia-se pleno. Ergueu os olhos ao céu. As nuvens tinham acabado de sumir. Ele olhou para a menina sorridente, grato, embora não fizesse ideia do porquê de se sentir assim. Então, ele voltou ao seu lugar, pegou o violão e pôs-se a tocar.

DIÁRIO DE **Thomas**

A chuva dança
Ao sabor das Nuvens
Para que os céus sonhem

IDEIAS PARA CANÇÕES.

UM ENIGMA

Se uma coisa bela se tornar ainda mais,
pode ainda ser só bela?
Se algo horrível se transforma,
continua sendo horrível?
Há feiura na beleza perfeita?
Há beleza na feiura mais feia?
Pode ser perfeita a feiura?

A ROTEIRISTA

Gabriella adorava escrever roteiros por tantas razões: ali ela transformava sua imaginação em algo "real", compartilhava seu mundo e ainda ganhava dinheiro com isso. Acima de tudo, permitia a ela estar com seus filhos, mesmo que isso significasse trabalhar até tarde para compensar, algumas vezes.

Então, quando ela se sentou no banco da praça naquela tarde, respirando fundo apenas para olhar o reflexo dos raios de sol na água da fonte, percebeu que muitas coisas boas em sua vida foram trazidas por seus filhos, André e Manuel. Sua intuição parecia ter se expandido depois que André nasceu. Talvez fosse a aprendizagem da comunicação sem palavras entre mãe e filho que a ajudou a perceber os corpos e rostos de outras pessoas de forma mais acurada. Palavras não ditas que se tornaram mais significativas. Isso até aprimorou seu relacionamento com Jonas. Definitivamente, ela mudou seu conceito de ordem e elegância. Ela se lembrou do quarto bagunçado de André como o espaço mais aconchegante de sua casa. Quando Manuel nasceu, a magia aconteceu. O menino rapidamente criou todo este novo mundo de necessidades e ordens inauditas, seus jogos de faz de conta que regiam sua vida e sua imaginação.

Às vezes os meninos pareciam levá-la aos melhores lugares. Como agora. Como eles poderiam ter adivinhado que a adorável praça da fonte era o melhor lugar para se estar numa tarde de verão?

Ao abrir os olhos novamente, ela notou que os meninos estavam sentados próximos a um jovem músico no banco central. Cabelo preto, chapéu preto, olhos grandes e sorridentes, com um case de violão ao seu lado. Ela também viu um caderno e uma caneta. Seria ele um escritor como ela? Gabriella pensou que aquele músico definitivamente era alguém com quem ela gostaria de jogar conversa fora, parar para ouvir. Parecia um cara gente boa e muito interessante.

Uma brisa forte espalhou aquelas páginas soltas, e seus filhos tentaram ajudá-lo a recuperá-las. Um desenho acabou voando perto dela e Gabriella saiu do banco para pegá-lo. Enquanto segurava a página, ela viu a imagem de um dragatão.

"Mas isso é simplesmente inacreditável", pensou ela. Rápidas lembranças recentes lhe passaram pela mente: André disse a ela que precisava encontrar alguém com quem sonhara na praça. Ambas as crianças construindo um brinquedo estranho e parecido com um dragão com corpo de gato. Era uma coisa muito feia, feita com peças de brinquedos velhos e quebrados.

Quando Thomas sorriu feliz para os meninos, no momento em que eles lhe ofereceram seu dragão caseiro, Gabriella ficou absolutamente certa de que aquele era um jovem com algo diferente.

No entanto, quando ele começou a tocar, ela percebeu que sua música mostrava uma profundidade tão grande, uma espécie de qualidade encantada que parecia revelar reinos secretos. Olhou em volta e em vez de apenas ver rostos desconhecidos, imaginou-se como se sentisse suas almas.

Sentado num banco ao redor, ela viu um homem alto, com um terno muito sofisticado, cabelos brancos e aparados, óculos elegantes. Ele tinha o queixo levemente empinado, e este gesto minúsculo parecia transmitir uma sensação de superioridade. Por que ele estava ali? Ao seu lado uma garota magra, muito bem-vestida, mãos delicadas, linda de perfil; não apenas sua postura refinada, mas também a maneira como ela empinava seu queixo delicado parecia indicar o parentesco deles. Eram pai e filha.

Gabriella rapidamente se lembrou de já ter visto a moça em algumas redes sociais. Uma influenciadora famosa. Quanto ao pai dela, de alguma forma ele também parecia familiar. Seriam eles convidados do músico, talvez?

Deixando sua imaginação fértil fluir livremente, Gabriella não parava de se perguntar por que eles todos estariam compartilhando suas "nobres" presença na praça, perto da fonte, daquele modo exatamente. Não se pareciam com gente que podia simplesmente desfrutar de uma tarde de música livre entre pessoas de todos os estilos de vida. Ela imaginava que deveriam estar mais acostumados às apresentações musicais VIP, como excelentes assentos, exclusivos... O que eles tinham a ver com aquele jovem?

Seus pensamentos foram nublados por um sutil senso de desconfiança. Eram os dois obviamente muito ricos. Ela conhecera tantas pessoas como eles: maravilhosos casarões cheios de tédio, indigência espiritual, vazio existencial.

"Dinheiro não me compra amor", ela riu lembrando a famosa canção dos Beatles. No entanto, como habilidosa roteirista que era, Gabriella começou a fazer perguntas silenciosas sobre o músico. Ao vê-lo sorrir para os dois, pai e filha, seu insidioso senso de desconfiança apossou-se de si. Será que eles eram amigos?

Esperava que não. Seus filhos demonstraram tanto afeto por aquele jovem talentoso. Por que ele iria querer estar cercado de pessoas que agiram tão claramente como se estivessem acima de todos, meros mortais?

"Mercadores de almas... movem-se tão rapidamente, são tão habilidosos em envenenar mentes argutas. Será que o músico podia sentir o quanto aquela gente podia ser perigosa?"

Então, voltou seus olhos a uma jovem bem bonita sentada no banco ao seu lado. Estava encantada pelo músico. A maioria das pessoas tinha os olhos fechados, e seus rostos seguiam sorrindo. Não aquela garota. Ela mantinha os olhos bem vidrados. O colar de contas em seu pescoço e a pulseira nos pulsos, o vestido de algodão, Gabriella imaginou que ela provavelmente fosse de uma das comunidades dos povos da floresta. Talvez esta fosse a razão pela qual o seu olhar era diferente de todos os outros e parecia estar profundamente conectada com aquele músico. Parecia que eles sonhavam juntos numa conversa. Já teriam se encontrado antes?

PAJÉ: *palavra de origem tupi. Designa pessoa dotada do poder espiritual de comunicar-se com todos os tipos de criaturas visíveis ou não. Mortas ou vivas.*

Um vidente, conhecedor de ervas, praticante da ancestral arte da cura transmitida oralmente entre os povos originários, através dos séculos nas florestas.

A FILHA DA CHUVA

Popygua abriu as mãos para observar as gordas gotas de chuva deslizando e brilhando pela palma de sua mão. Cerrou os olhos para desfrutar de seu toque refrescante. Ele ofereceu a cabeça para a chuva suave, deixando que seus cabelos longos, brancos e lisos fossem lavados. Ele tinha uma coisa a fazer antes do amanhecer: recolher as folhas sagradas para preparar o chá para uma garotinha febril. Seria uma noite de lua cheia.

Depois de praticar a arte da cura na casa de reza, Popygua sentou-se à margem do rio e ergueu os olhos para o céu, buscando sabedoria.

Olhou ao redor e sentiu saudades de Marlui, sua neta adorada. Queria escutar sua risada, e talvez seus passos suaves e sorriso súbito derramassem um pouco de felicidade em sua alma. Maitê, a menina febril, logo iria se recuperar. Popygua sabia que os pequenos adoecem de tempos em tempos, mesmo assim, ele queria vê-la logo brincando nos galhos das árvores outra vez.

De início, preocupações o invadiram como moscas irritantes e ruidosas, tentando roubar-lhe os pensamentos. Depois, as preocupações cederam lugar a todos os tipos de emoções. Marlui, sua neta, tinha se deslocado para o centro da cidade. Ela acreditava que seria capaz de frequentar a universidade e preservar o coração da floresta dentro de si. Popygua não tinha tanta certeza disso. Marlui conseguia enxergar tantas coisas. Compreendia a linguagem dos pássaros, cobras, macacos, de todos os moradores da floresta. Quando era apenas uma garotinha, gostava de sentar-se ao lado dele durante as cerimônias na casa de reza. Ela comunicava-se com os ancestrais e rapidamente foi aprendendo as histórias de sabedoria, as ervas de cura, além de prever coisas ao observar o voo dos pássaros no céu. Marlui era filha da chuva.

O vento acariciou-lhe a face e Popygua respirou profundamente deixando todos seus pensamentos mergulharem nas águas do rio. Agora um peixe nas profundezas aquáticas, ele se sentia livre. Depois, deixou o rio. Além de sua própria natureza, das palavras e dos céus, Popygua se tornou o vazio. Não uma estrela, nem sequer uma serpente, mas um ser humano. O pajé abriu os olhos e mãos. Nuvens azuis rasgavam o horizonte.

Nisso, o espírito do avô viajou através da floresta sem tempo, onde ele podia ver o raiar de um novo dia. Nos olhos de sua mente, Popygua viu sua neta sentada no banco de uma praça. Ouviu uma música linda. Marlui ouvia as canções que eram tocadas por um jovem de cabelos escuros. Popygua sentou-se no banco, ao lado da neta, e desfrutou da música também. No entanto, sentiu algo diferente nesse rapaz; era como se ele pudesse sentir sua presença ao lado de Marlui. Como assim? Popygua escutou a música atentamente. O jovem tocava o violão de um modo muito envolvente. O pajé podia ouvir a floresta respirar por meio daquele instrumento musical. O avô abriu os olhos, afastando-se daquela visão, tomado por uma sensação de inquietude. Marlui e ele estavam habituados a silenciosa e secretamente enviar seus espíritos em jornadas espirituais. Mas não foi o que aconteceu naquele momento. De algum modo, o jovem músico de Marlui se tornou parte de sua visão.

"Preciso pedir a Marlui que traga o rapaz aqui, na floresta. Quero saber mais sobre a música que ele toca..."

O CHAMADO

Thomas parou de tocar o violão e olhou ao redor. A praça estava lotada. Ele sempre se surpreendia ao perceber, cada vez mais, a qualidade magnética da música. Tornar-se um músico profissional nunca fizera parte de seus planos. Thomas começou a tocar os instrumentos para tentar comunicar-se com seus seres sonoros secretos. Eles sempre lhe proporcionaram tanto bem-estar, principalmente nos momentos de tristeza e desamparo. E, quando a vida corria tranquila, a felicidade era intensificada, pois os seres sonoros conseguiam realçar a beleza de cada momento.

Como agora.

Thomas tinha decidido tocar na praça de novo porque era como se ele respondesse a um chamado. Quando menino, seus pais gostavam de levá-lo àquele mesmo local, diante da fonte. Sua mãe lhe compraria um saco de pipocas, enquanto seu pai se sentaria ao lado dele, no banco, assobiando alguma melodia clássica. Ambos o encorajaram a estudar música, de modo que, desde a mais tenra idade, Thomas teve a oportunidade de aprender com os professores mais talentosos.

"Vamos ter um momento musical!", seu pai costumava lhe dizer. Em seguida, ele escolheria um disco de sua adorada coleção e o colocaria para tocar na vitrola. Thomas gostava de observar cada gesto de seu pai, como quando ele fechava os olhos e movia os braços, como se estivesse regendo uma orquestra invisível. Agora pai e filho só poderiam encontrar-se em sonhos. Todas as vezes em que Thomas sonhava com o pai, despertava com a realidade de sua ausência e o choque sempre lhe provocava uma dor insuportável.

Naquela tarde, Thomas saiu de casa um pouco intrigado, invadido por um medo difuso. Optou pela praça na tentativa de afastar aquela sensação sinistra. Ele só teve consciência dessa decisão posteriormente. A urgência de deixar a casa e buscar refúgio externamente não parecia fazer sentido. O lar deveria ser o refúgio. Não em seu caso, principalmente, não naquele dia.

— Essa aqui é a nossa mãe! — os garotos da praça lhe disseram.

Thomas já tinha adivinhado o parentesco. O trio se assemelhava. Antes de tocar novamente, ele ouviu André dizer:

— Gabriella. É o nome da minha mãe. Sou o André, e esse é o Manuel.

Mas a voz do menino agora se misturava aos sons das cordas, enquanto Thomas cerrava os olhos, deixando que a música novamente o conduzisse. Seu sonho esquecido habitado por seus pais agora voltava à sua mente, com imagens vívidas... SABEDORIA ANCESTRAL.

DIÁRIO DE **Thomas**

Viver é fluir como um rio
Emoções escorrem como águas
Nuvens podem ocultar o sorriso do Sol
Ou a beleza de uma Lua Cintilante.
Mas a chuva pode trazer vida à Terra,
E o oceano pode crescer a partir de uma única
gota de chuva.

SONHOS VOADORES

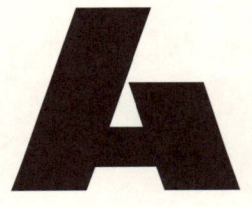

As gotas de chuva caíam gordas e fortes quando o olhar de Marlui foi capturado pelo desenho voador de Thomas. Ela sentiu a presença do avô, assim como a dos espíritos da chuva.

"Vovô deve estar preocupado. Eu devia voltar pra casa agora!"

O pensamento rapidamente cruzou sua mente e sumiu, porque os olhos dela não conseguiam resistir à estranha beleza dos seres mágicos nas páginas ilustradas, soltas, que saíam voando do caderno ao seu lado, no banco da praça.

— São seus esses desenhos? Você é um ilustrador? Eles são muito lindos! — disse ela a Thomas, tocando os desenhos nas páginas.

Thomas passou alguns segundos com os olhos fixos em Marlui, sem saber o que dizer. Finalmente, sorriu, tomou um gole da garrafa de água e respondeu:

— Se os desenhos me pertencem? Não sei, não. Às vezes eu fico achando que eu pertenço a eles e não o contrário...

Marlui fez que sim com a cabeça e continuou a falar:

— Você parece o meu avô falando... — disse ela, demonstrando muita surpresa.

Thomas fixou os olhos na árvore velha e frondosa, ao lado do banco, em seguida sussurrou:

— Posso imaginar a cara de seu avô. Ele tem cabelos longos, grisalhos, olhos escuros e penetrantes. Faz muito tempo que você saiu de sua casa? Ele me dá a impressão de estar tão preocupado com você...

Marlui ficou espantada, sem saber o que dizer, ela nunca tinha testemunhado tamanho poder de percepção entre os jovens que conhecia na cidade. Nisso, Thomas lhe perguntou diretamente:

— Onde você mora?

Como Marlui ainda estivesse sem palavras, Thomas também ficou um pouco tímido:

— Desculpe, será que fui invasivo? As palavras simplesmente saíram da minha boca! Desculpe! Não sei o que deu em mim....

Marlui respondeu lentamente:

— É que acabei de pensar nele, quero dizer, no meu avô... Que coisa!... Sim, ele deve estar bravo comigo. Eu já devia estar em casa agora, prometi ajudá-lo a colher as folhas de cura. Ele estava cuidando de uma menininha febril quando vim para a cidade...

— Uau! Adivinhei certo! Isso é tão estranho! Sentar do lado de uma garota que nunca vi antes e começar a ver coisas... Seu avô é um pajé? Como ele se chama?

Marlui deu risadas e disse:

— Primeiro, eu quero *me* apresentar a você. Sou Marlui. Meu avô se chama Popygua. Nós moramos perto do lago, na área preservada, logo à entrada da mata atlântica, que fica próxima à estrada antiga de Santos. Como foi que você imaginou a cara do meu avô exatamente como ela é? Por que você fala com alguém que conhece nossa antiga tradição de sabedoria?

Thomas sorriu, orgulhoso de si. Pela primeira vez, em toda sua vida, suas percepções não eram interpretadas como pura loucura. Além disso, havia algo de tão familiar e acolhedor nessa garota. Era tão fácil confessar os pensamentos mais íntimos.

— É como eu disse, não tenho a menor ideia. Vocês conversam sobre essas coisas? Sempre tive visões, desde quando era garoto. Mas nunca as compartilhei de verdade. Nunca soube direito se podia fazer isso. Para dizer a verdade, é tão bom poder me abrir um pouco. Agora é sua vez. Conte mais sobre você, por favor!

Marlui riu. Ela se divertia vendo que o jovem estava tão feliz, mas de um jeito tão desajeitado.

Thomas também riu. Com os olhos cintilando, continuou a falar:

— Tudo bem, tudo bem! Já entendi. Então você é Marlui, neta de um poderoso pajé, um sábio da mata. Muito prazer, sou Thomas.

— Meu avô fala coisas parecidas com o que você está me dizendo agora. Ele gosta de dizer que o poder da cura não lhe pertence de maneira alguma. A cura jorra da terra, e as mãos dele, as ervas que ele usa, são apenas instrumentos. Ele diz que pertence à terra e gosta de ser chamado de Guardião da Natureza.

— É mesmo? Uau, nossa conversa é mesmo tão fora do comum... Quero mostrar uma coisa para você agora.

Abriu uma página no meio de sua caderneta, e Marlui leu as palavras que diziam:

REGRA DE OURO

Todo guardião deve eventualmente separar-se dos tesouros que cuida. O vazio o conduzirá a novas percepções e a hora da mudança se apresentará. Uma vez, duas vezes, quantas vezes for. Viver é mudar.

VERA

Esta é a verdade, sem mentira, certa e muito verdadeira.
Aquilo que está embaixo é como aquilo que está acima.
E aquilo que está acima é como o que está embaixo
ao gerar os milagres de uma Única Coisa.

A *Tábua de Esmeraldas*
— HERMES TRISMEGISTO

Sentada no banco da praça naquela tarde ensolarada, Vera cerrou os olhos para desfrutar das melodias produzidas pelo jovem músico. À medida que se permitia envolver-se pela beleza tranquilizante daquele momento, as estranhas palavras do emblemático texto *A Tábua de Esmeraldas*, de Hermes Trismegisto, cruzaram suas lembranças. As antigas leis cósmicas lhe pareciam muito desconcertantes. Essa foi uma das razões que a levaram a optar pela faculdade de direito, deixando de lado os ensinamentos místicos de sua mãe. Claire, nascera na França e, ao mudar-se para o Brasil, trouxe consigo uma vasta biblioteca de livros sobre metafísica e filosofia antiga. Adolescente, Vera passava horas tentando decifrar os significados ocultos da poesia cósmica. Perda de tempo. Nada daquilo fazia sentido para ela. Sua mãe apreciava seus esforços e a recompensava com um lanche delicioso. Vera como que sentiu o aroma do chá servido com bolo.

"Será que o músico sabia que seus sons eram tão evocativos?", perguntou-se. "Como ele podia ser tão talentoso? Ele aparentava ser tão jovem ainda."

Vera percebeu que se sentia rejuvenescida também. Crianças dando risadas, gente cantarolando melodias de olhos fechados, adolescentes dançando ao som da música. Que dádiva! Naquele dia, ela saiu da faculdade de direito tão sobrecarregada de compromissos, assolada pela tensão que reinava entre seus alunos; as provas, a falta de tempo, todas essas coisas...

"Por que será que tinha optado por direito?", perguntou-se uma vez mais.

Ao contrário de sua mãe, cujo maior interesse eram as leis secretas do universo, Vera queria realizar mudanças concretas. Ela acreditava em justiça social, na melhoria da vida das pessoas, no ativismo por direitos humanos.

Seu olhar deteve-se numa jovem linda sentada no banco ao lado do dela. Percebeu, pelos trajes e gestos da moça, que ela pertencia a uma comunidade da floresta. Vera sorriu. Algo na atitude da jovem lhe transmitia calma.

Agora, ao ouvir o músico, ela podia resgatar tantas lembranças. Subitamente sentiu-se acolhida pelas palavras que havia lido faz muito tempo, num antigo texto medieval. Ela podia visualizá-las ainda, como se estivessem impressas em sua memória.

Todas as coisas em todos os universos movem-se de acordo com a lei, e a lei que regula o movimento dos planetas não é mais imutável do que a lei que regula as expressões dos seres humanos. O grande objetivo das escolas de mistério através dos tempos tem sido sempre o de revelar o funcionamento da Lei que conecta pessoas em busca de luz, vida e amor.

A música cessou. As pessoas aplaudiram, agradecendo ao músico por sua entrega. Vera também o aplaudiu, a gratidão invadindo seu coração. O músico a encarou e a cumprimentou com a cabeça. Vera retribuiu o sorriso dele e olhou ao redor. Ela reconheceu Gabriella, a bela companheira de seu colega na faculdade. Gabriella fazia anotações em sua caderneta. Seus filhos brincavam com brinquedos bem feiosos e pareciam divertir-se à beça. Duas amigas se abraçaram, ainda comovidas pela beleza daquela apresentação. A linda jovem de vestido branco de algodão e colar de contas coloridas fitou as nuvens. Por um breve instante, Vera achou que a garota parecia conhecer os segredos cósmicos ocultos, ou, ao menos, os buscava, assim como ela mesma fez quando jovem.

Vera sentiu a boca abrindo-se num sorriso largo, como há muito não acontecia. A jovem de vestido branco a cumprimentou como se a conhecesse há muito tempo. Nesse momento, ela avistou seu colega, dr. Alonso. Um dos mais renomados professores e pesquisadores da universidade. Na verdade, ela não sentiu vontade alguma de cumprimentá-lo. Vera ressentiu-se da presença dele, como se o dr. Alonso estivesse invadindo seu espaço pessoal ao chegar com sua maleta de couro, seu terno elegante, sapatos caros, seu jeito sofisticado. Era como se ela tivesse sido subitamente lançada de volta aos problemas que enfrentava na universidade, sendo que desejava apenas prolongar seu tempo livre na praça da fonte. Por que será que ele tinha aparecido ali? Vera não ousou perguntar-lhe diretamente.

Contudo, quando o dr. Alonso começou a andar em direção ao músico, Vera não conseguiu conter-se e fez o mesmo. Assim que se aproximou de ambos, Vera percebeu que seu colega já havia entregado seu cartão de contato para o jovem. Ela cumprimentou o doutor, não sem uma ponta de ironia:

— Dr. Alonso! Que surpresa!

— A famosa dra. Vera Barroso! Nunca imaginei que a encontraria aqui, longe de seus alunos, ouvindo essa música estupenda!

Vera sentiu-se culpada pela sensação de desconforto que a presença do colega lhe despertara pouco antes. O dr. Alonso parecia animado ao cumprimentá-la.

— Quero lhe apresentar minha filha, Dora! — disse ele quando uma jovem sofisticada se aproximou do grupo. Mas assim que Vera se virou para lhe dar a mão, foi a vez do músico dizer:

— Olá, pessoal, muito prazer! Sou Thomas! Obrigado por prestigiarem o meu trabalho!

Assim que a plateia ouviu essas palavras, uma nova sessão de aplausos ecoou pela praça, lotada de gente. Thomas retornou ao seu banco, pegou o violão, aguardou alguns instantes, como se estivesse tentando reconectar com seu ser musical, e começou a tocar uma vez mais.

GABRIELLA

Gabriella não imaginava que poderia encontrar uma nova história na praça. Ela saiu de casa apenas para agradar as crianças e passar uma tarde totalmente relaxada. Não que a busca de histórias a enervasse ou irritasse, pelo contrário. Gabriella percebia que estava habituada a ter dois tipos de postura: ao buscar uma história no mundo, ficava atenta, focada, raciocinando segundo algumas regras pessoais, secretas, tais como: tentar imaginar a vida das pessoas, suas biografias, suas motivações. Agora, ao buscar uma narrativa dentro de si, Gabriella apoiava-se em sua imaginação vívida. Depois, seria preciso juntar ambas as coisas.

Na verdade, o ato de encontrar o que escrever estava intimamente vinculado à consciência do exato momento em que novas palavras apresentavam-se a ela. Gabriella precisava estar presente para capturá-las.

Naquela tarde em especial, Gabriella levou consigo o caderninho de anotações por pura força de hábito. Nada poderia ser mais tranquilo ou previsível do que passar uma tarde ao lado da fonte no centro da cidade. Ao sentir-se eletrizada pela música hipnótica produzida pelo jovem, novas histórias não paravam de invadir sua mente. A música sempre teve o dom de desencadear ideias em sua imaginação, mas, dessa vez, ela também se sentia inspirada pela plateia. Quanta gente diferente!

— Esse é o mesmo amigo músico do seu sonho, filho? — ela perguntou a André.

— Isso mesmo! — disse o menino como se fosse algo totalmente normal.

Gabriella queria tanto perguntar ao filho como ele tinha sonhado com um jovem músico que nunca havia visto antes, para depois, encontrá-lo no dia seguinte. Mas ela sabia que seria inútil. André na certa passaria horas contando do seu belo sonho sem pé nem cabeça e Gabriella ficaria sem entender nada. Então ela se pôs a observar as pessoas ao seu redor, pois seus sentidos agora estavam aguçados pela beleza daquele momento musical.

— Sou Thomas — ela ouviu o músico apresentar-se a um homem alto, atraente, muito bem-vestido. Ele aparentava uns setenta anos, mas estava acompanhado por uma mulher bem mais jovem. Sim, eram pai e filha definitivamente. A semelhança era tão óbvia, não apenas os traços do rosto, mas também a evidente autoconfiança. Roupas de grife e um modo sutilmente arrogante de impor-se diante de outras pessoas que também quisessem conversar com o músico. Era como se eles se sentissem no direito de furar a fila.

Gabriella abriu sua caderneta e anotou:

As aparências sempre enganam

Em seguida, desistindo de bancar a detetive em busca de informações sobre a vida real das pessoas, ela optou por focar nas impressões que eram geradas em sua mente. Gabriella ouviu quando aquele senhor e sua filha se apresentaram ao músico: dr. Alonso e Dora.

— Gabriella!

Jonas vinha correndo em sua direção e dos meninos. Cumprimentou o dr. Alonso e ela percebeu que ambos eram colegas na faculdade de direito. Ela não se lembrava de ter ouvido falar dessa figura estranha antes, embora Jonas geralmente gostasse de lhe contar sobre sua rotina na faculdade.

Repentinamente, seus olhos cruzaram com os do dr. Alonso. Ele não a cumprimentou ou sequer sorriu, fazendo com que ela se sentisse um pouco desconfortável. Será que ele tinha adivinhado sua curiosidade? Ele então se virou e comentou algo com a filha. O olhar de Dora fixou-se nela como se não quisesse uma aproximação. Seria sua excessiva sensibilidade de escritora ou puro exagero? Será que os dois estavam realmente tentando controlar a situação de modo monopolizar a atenção de Thomas?

Não faria a menor diferença. Gabriella decidiu que não gostava de nenhum dos dois. Embora, é claro, ela pudesse estar totalmente equivocada.

— Mamãe! Papai chegou!

Mesmo depois de dez anos de convivência diária, Gabriella ainda era capaz de sentir o impacto da súbita alegria que a chegada de Jonas lhe provocava. Em seguida, viu que Thomas acenava. Ela levantou-se do banco, cumprimentou Jonas com um beijo no rosto e dirigiu-se ao jovem músico.

— Sua música me fez sonhar, Thomas! Parabéns! — ela disse.

Thomas lhe mostrou seu pequeno Dragatão e perguntou:

— Seus filhos me deram de presente um brinquedo incrível! Posso mesmo aceitá-lo?

— Claro, você deve aceitar! — disse Jonas.

Muito orgulhosa da criatividade dos filhos, bem como de sua generosidade com relação ao jovem músico, Gabriella sorriu e fez que sim com a cabeça.

Thomas voltou a sentar-se no banco para dedicar uma bela canção aos dois irmãos e a todas as crianças que se aproximaram respondendo ao chamado mágico de sua música. Gabriella deixou de lado a caderneta, fechou os olhos e permitiu-se cruzar os portais rumo às terras sem tempo.

AMIZADES INSTANTÂNEAS

— Você estava escrevendo uma história enquanto eu tocava? — indagou Thomas.

Gabriella sorriu, sentindo-se como uma criança fazendo arte.

— Estava, sim!

Segurando o Dragatão, o brinquedo que os meninos lhe deram de presente, Thomas disparou a fazer uma série de perguntas. Ele se deslocou até o banco de Gabriella e sua família, como se desejasse aproximar-se mais de seus novos amigos.

— Você é uma escritora profissional, quer dizer, uma autora de verdade? Ou é alguém que, como eu, gosta de ficar pondo em palavras as coisas de todos os dias?

Gabriella gostou desse gesto de amizade instantâneo e lhe deu espaço. Quando o músico se sentou ao seu lado, ela lhe disse:

— Sou uma roteirista profissional. Mas também gosto de escrever à toa. Tenho diários, anotações que vou largando espalhadas pela casa... Olha, vou te dar meu cartão. Por acaso, trouxe um comigo.

Thomas enfiou o cartão no bolso e lhe ofereceu o seu:

— Pegue meu cartão também! Talvez a gente possa se encontrar para conversar sobre nossos estilos literários, a sua escrita e a minha.

Gabriella lhe deu um sorriso e abriu espaço para Jonas, que veio apertar a mão de Thomas.

— Sim, Gabriella é uma escritora de verdade, você devia ver, Thomas, quando ela dispara a escrever sem parar, fico com a impressão de que ela está captando vozes do espaço. Parece que ela entra em transe, fico com dificuldade de acreditar que está mesmo inventando narrativas, às vezes acho que ela está fazendo o *download* de histórias vindas de outras dimensões, lugares que só ela mesma é capaz de ver.

— Meu querido, não seja irônico comigo! — protestou Gabriella.

— Eu entendo o que ele está tentando dizer — falou Thomas. — As pessoas geralmente têm sensações estranhas quando me observam tocando. Elas não param de me perguntar de onde vem minha inspiração. A resposta é tão simples: sei lá...

O trio desatou a rir, dando a impressão de se sentirem tão confortáveis ali, juntos.

— Olha só, Thomas, pegue meu cartão também — disse Jonas. — Leciono direito na universidade aqui perto.

— Posso sentar com vocês? — Marlui perguntou diretamente.

Thomas de imediato deu espaço para que Marlui se sentasse no banco. André e Manuel se aproximaram, tocaram seu colar de contas coloridas e começaram a lhe fazer perguntas:

— Você mora na floresta? Nós já vimos umas pessoas usando colares e brincos iguais aos seus nos livros da escola...

— Ah, mas vocês não deviam conhecer nossos colares só por causa dos livros da escola! Venham visitar nossa comunidade na floresta. Meu avô vai adorar conhecer todos vocês. Aliás, Thomas, venha nos visitar também! Tenho certeza de que você vai adorar!

— Posso entrar na conversa? — Dora indagou e já foi se sentando sem esperar resposta.

Dora se colocou bem diante de Thomas, fixando os olhos nos dele, ignorando todos os presentes. Em seguida, ela apontou para o pai:

— Meu pai, dr. Alonso, realmente quer dar uma palavrinha com você, Thomas.

Jonas imediatamente posicionou-se diante de Thomas, como se, de algum modo, quisesse protegê-lo. Em seguida, foi dizendo:

— Como vai, dr. Alonso? Que bom encontrar um colega aqui, na praça da fonte! Você já terminou de lecionar hoje?

Dr. Alonso ignorou a pergunta e deslocou-se em direção a Thomas, que, por sua vez, levantou-se do banco para apertar a mão do professor.

— Muito prazer, senhor. Veja, meu pai também era professor. Ele era arquiteto e dava aulas na faculdade de arquitetura.

O professor aproximou-se de Thomas, deu-lhe um tapinha nas costas e disse:

— Que bom saber disso, meu filho! Tenho certeza de que ele tinha muito orgulho de você. Dora me mostrou o seu site. Ouvi sua música com grande prazer, mas assistir agora, ao vivo, foi um verdadeiro privilégio!

Thomas desviou o olhar e disse em voz baixa:

— Meu pai faleceu quando eu ainda era menino. Ele não viveu o suficiente para ver que me tornei um músico. Mas é claro que escuto música desde o berço. Minha mãe tocava piano, e meu pai, violino. Ela também já faleceu.

Marlui levantou-se do banco. Tudo o que mais desejava era abraçar Thomas, pois também conhecia o significado da perda e da dor, mas o dr. Alonso antecipou-se, impedindo que ela interviesse. Ele puxou Thomas de lado e colocou-se entre ambos, segurando o braço do músico como se quisesse guardá-lo para si. Marlui deu a volta para tentar aproximar-se de Thomas novamente, mas foi a vez de Dora interceptá-la com um sorriso suave nos lábios. Marlui ficou espantada ao perceber a súbita animosidade da jovem, gerando um contraste entre sua beleza e o gesto rude. Ela ficou sem saber o que dizer, o que fazer. A hesitação momentânea de Marlui durou tempo suficiente para que o dr. Alonso perguntasse a Thomas:

— Posso convidá-lo para jantar conosco hoje, Thomas? E não aceito não como resposta! Quero lhe mostrar minha coleção de instrumentos musicais medievais. Tenho certeza de que você ficará deliciado. Venha! Meu carro está estacionado aqui pertinho.

Jonas posicionou-se ao lado de Marlui, como se tivesse sido capaz de ler os pensamentos dela, e perguntou em tom desafiador:

— Fiquei realmente interessado em sua pesquisa, dr. Alonso. Posso visitá-lo também.

Vera aproximou-se de seu colega Jonas e complementou:

— Isso mesmo, dr. Alonso. Eu também adoraria ver de perto sua coleção...

Com um sorriso cínico, o dr. Alonso disse a todos:

— Caros amigos, sinto muito se estou aqui, agora, tentando tomar esse jovem músico tão extraordinário de vocês. Não me levem a mal, minha filha e eu obviamente entraremos em contato com vocês novamente. Podemos organizar um grande encontro musical. Sempre convido as pessoas para virem a minha casa e eu adoraria a companhia de todos vocês...

Para espanto geral, Thomas pegou a guitarra e disse alto:

— Dr. Alonso, aceito o seu convite, sim. Quero muito ver seus instrumentos históricos.

Os meninos correram e o abraçaram, Marlui lhe deu um beijo na face delicadamente, Gabriella abraçou Thomas e Jonas se aproximou para dizer-lhe:

— Thomas, você já tem meu número de celular. Você pode ligar para mim a hora que quiser!

Triunfante, Dora levou Thomas pelo braço, conduzindo-o até o carro. Dr. Alonso acenou a todos, despedindo-se, e rapidamente saiu da praça.

Gabriella virou-se para seus novos amigos e confessou:

— Pessoal, vou dizer uma coisa: não estou achando nada disso bom... Estou com uma sensação muito esquisita com relação a esse homem. — Depois, virou-se para Jonas e lhe perguntou: — Quem é esse tal de dr. Alonso?

— Para dizer a verdade, ele tem uma reputação estranha, quer dizer, aparentemente, ele é um pesquisador de mitos, além de lecionar direito na universidade. Mas sempre senti que ele era meio sinistro. É difícil explicar... já ouvi muita gente dizer que ele é um sujeito bem perturbado... — respondeu Jonas.

— Não acredito! Detesto quando tenho uma má intuição que acaba se confirmando... Ah, Deus meu... — sussurrou Gabriella.

— Queremos ouvir o Thomas tocar outra vez — disse André.

— Ele disse quando iria se apresentar de novo? — indagou Vera. — Talvez ele volte a tocar na praça em breve.

— E se nós nos encontrássemos aqui, amanhã? Aconteça o que acontecer? — sugeriu Marlui. — Quero muito encontrar com o Thomas mais uma vez. Enquanto ele tocava, tive a sensação de que preciso levá-lo para falar com meu avô!

Gabriella sorriu. Marlui era tão interessante quanto tinha imaginado.

— Sensação? — indagou Vera, um pouco desconfiada. — É assim que você toma suas decisões? Na base de sensações, palpites, intuições?

Marlui a encarou tranquilamente, mas não disse nada. Jonas acrescentou:

— Confesso que tive uma sensação ruim quando percebi que esse jovem, o Thomas, tão talentoso, tão sensível, que tocou seu violão para nossos filhos, aqui na praça, foi embora ao lado desse senhor empertigado e da filha dele. Não me pareceu uma coisa natural. Fiquei chateado por não ter convidado o Thomas para jantar conosco em casa antes. Aliás, eu gostaria de ter convidado todos vocês para jantar. A música nos reuniu, não é mesmo?

— Escuta, que tal se nos reuníssemos aqui, na praça, amanhã, nesse mesmo horário? — insistiu Marlui. — Será que Thomas deixou o número do celular dele com algum de vocês?

— Sim! — disse Gabriella.

— Ele me deu o cartão. Será que mando uma mensagem de texto pra ele? — disse Jonas.

— Eu também dei a Thomas o meu cartão! — declarou Gabriella. Depois, dirigindo-se ao filho, disse: — André, você acha que nosso amigo estará aqui, de volta, amanhã?

O menino ficou sorrindo, olhando para baixo, depois balançou a cabeça e disse:

— Bom, quem sabe eu consigo sonhar com ele hoje à noite...

Vera levantou-se e declarou:

— Queridos, não sou uma criança sonhadora, nem uma jovem sensitiva. Mas acho que Jonas e eu poderíamos investigar um pouco, quer dizer, perguntar aos nossos colegas sobre o que eles sabem a respeito do dr. Alonso. Depois, é claro que podemos nos encontrar de novo para conversar sobre essas coisas. De um jeito ou de outro, vamos torcer para que o Thomas apareça aqui amanhã! Eu adoraria vê-lo tocando outra vez!

— Vou pesquisar sobre o doutor nas redes sociais — disse Gabriella. — É claro que concordo com você. Nunca nos vimos antes, mas parece que realmente já estamos nos articulando como se fôssemos um time!

— Gostei do plano! Parece muito bom! — disse Jonas.

— Isso aí! — disseram André e Manuel ao mesmo tempo, poucos minutos antes de a garoa começar a cair na praça de novo e todas as pessoas irem em direção a suas casas ou aonde quer que fossem.

DIÁRIO DE **Thomas**

EL DESDICHADO

Je suis le ténébreux, — le veuf, — l'inconsolé,

Le prince d'Aquitaine à la tour abolie:

Ma seule étoile est morte, — et mon luth constellé

Porte le soleil noir de la Mélancolie.

Dans la nuit du tombeau, toi qui m'as consolé,

Rends-moi le Pausilippe et la mer d'Italie,

La fleur qui plaisait tant à mon coeur désolé

Et la treille où le pampre à la rose s'allie.

Suis-je Amour ou Phébus?... Lusignan ou Biron?

Mon front est rouge encor du baiser de la reine;

J'ai rêvé dans la grotte où nage la sirène...

Et j'ai deux fois vainqueur traversé l'Achéron:

Modulant tour à tour sur la lyre d'Orphée

Les soupirs de la sainte et les cris de la fée.

— GÉRARD DE NERVAL

DIÁRIO DE **Thomas**

Eu sou o Trevão — gravoso — o sem console
O Duque D'Aquitania que até a Tertúlia abolia
Minha estrela solitária morreu inconstelada
E pariu um sol preto daquela melancolia
Mas há consolação naquela tumba ensolarada
Que me morde até a alma em cantar como na Itália?
Há uma flor que é só palavra nesta terra desolada
Que é terna eterna e uma rosa.
É só uma rosa
Rosa
Eu sou o amor ou cego? Byron ou só Tom?
Sou Sousândrade falando vermelho
Brisa em Brasa, horror em sonho, signagem (signo?)
Olho
A Olho
Já fui um Símio aos domingos, é um signo
Modular como a lira alhures em viagem,
Um sopro de um santo, o hálito em crise,
O fogo a fogo

SOBRE MUSAS E DEUSES

— Orfeu, o mais poderoso músico da mitologia grega, estou aqui me referindo ao poder poético, meu caro amigo... É claro que, segundo os pesquisadores de mitos, os antigos bardos e trovadores também eram grandes mestres, em especial Taliesin, o celta, mas devo dizer que o simbolismo do mito de Orfeu abriga muitos níveis de significados... Você consegue se imaginar com alguém que fosse o verdadeiro filho de Calíope, a musa da música?

O carro atravessava o túnel, deixando a cidade rumo à casa de campo e Thomas não parava de olhar pelo vidro retrovisor. Um forte arrependimento, mesclado a um temor difuso e sinistro, só fazia crescer dentro dele.

"Por que será que estou aqui, com essa gente?", ele se perguntava. "Por que não fiquei na praça, com aquelas pessoas que pareciam tão legais? Por que abandonei a Marlui? Ela é tão encantadora..."

Inúmeras dúvidas cruzavam sua mente e Thomas se sentia invadido, dominado e até mesmo hipnotizado pela beleza de Dora e pela voz de comando do pai dela, que lhe dizia:

— Sim, meu jovem, devo dizer que você me remete ao mito de Orfeu, um músico tão talentoso, poderoso, que, no entanto, é derrotado e perdido. Aliás, por que é que você fica olhando para trás o tempo todo? Você está com a impressão de que deixou alguém para trás? Não se preocupe com isso. Você sempre poderá voltar a ver seus amigos. Basta regressar à praça e tocar. Agora, nós lhe oferecemos uma oportunidade muito especial, meu amigo! Um momento único! Então, fique à vontade e confortável. Temos surpresas incríveis para você em minha casa!

Thomas não conseguia compartilhar do entusiasmo do dr. Alonso. Uma forte desconfiança o invadiu à medida que ele se sentia cada vez mais como se tivesse sido raptado. Dora então virou o rosto em direção ao do jovem, tocando-lhe os cabelos com uma mão e a face com a outra. Seu sorriso sedutor e olhar firme pareciam fasciná-lo.

— Na certa você conhece a história de Orfeu, não é mesmo, Thomas? Papai estava certo ao seu respeito. Um mito eterno. Confesso que eu também o relacionei à minha imagem de Orfeu...

Thomas respirou fundo, tentando reunir coragem para pedir àquele pai e sua filha que parassem o carro e o deixassem em qualquer lugar da estrada. As mãos de Dora em seus cabelos o intimidavam, mas também o atraíam a ponto de deixá-lo sem palavras.

Depois de ser tocado por Dora, Thomas não podia sequer imaginar ferir os sentimentos dela. Pai e filha esbanjavam sofisticação e charme: roupas, vozes, gestos e, principalmente, autoconfiança. Thomas pensou na maneira suave, casual com a qual eles o persuadiram a abandonar sua plateia de amigos na praça; os olhos amorosos e intensos de Dora fixos nos seus. Pai e filha agiam como se pertencessem a uma espécie de território exclusivo, olímpico e celestial. Mesmo assim, por alguma razão, eles fizeram questão de compartilhá-lo com ele. Por que será?

É claro que ele sabia o mito de Orfeu de cor... O mago e músico. O belo e jovem cantor, poeta, que tocava sua lira tão magistralmente que todos os animais o seguiam para ouvir suas canções e todas as árvores dançavam ao som de suas melodias. Quando os argonautas atravessaram os mares sob uma violenta tempestade, a música de Orfeu apaziguou não apenas a tripulação do navio, mas também o oceano, afastando as nuvens escuras para longe.

— Peço desculpas se eu o ofendi, meu jovem... tenho certeza de que você conhece o mito de Orfeu de cor... — disse dr. Alonso assim que o carro saiu de dentro do túnel.

— Ah, sim, de fato conheço bem o mito. É meu ódio de estimação, para falar a verdade. Passei anos obcecado com essa narrativa. Não porque eu goste dela, muito pelo contrário...

— Sensacional! Um jovem Orfeu contemporâneo que odeia sua própria história... realmente, isso é muito interessante — disse o dr. Alonso, os olhos pregados na estrada à frente.

Dora encarou Thomas, fez um gesto como se fosse acariciar seus cabelos novamente, mas ele afastou a cabeça para que ela não os tocasse.

— Esse túnel é sempre assim, tão silencioso? — ele perguntou a Dora como se quisesse mudar de assunto.

— Como assim, silencioso? Não estou entendendo. Ele é muito barulhento. Você não está ouvindo as buzinas? — ela perguntou com um sorriso cínico.

Tentando disfarçar seu forte estranhamento, Thomas instintivamente olhou através das janelas do carro, em busca de suas criaturas musicais, tentando ouvi-las ou então para capturar seus movimentos sutis nas gotas de chuva que escorriam pelo vidro.

Nada.

Sem sons secretos.

Seus companheiros musicais tinham se calado, desaparecido.

Thomas nunca se sentiu tão sozinho.

DIÁRIO DE **Thomas**

Lanquan li jorn son lonc en may
M'es belhs dous chans d'auzelhs de lonh,
E quan mi suy partitz de lay,
Remembra'm d'um' amor de lonh.
Vau de talan embroncx e clis
Si que chans ni flors d'albespis
No-m valon plus que l'yverns gelatz.

Em maio quando a tarde é longa
Gosto de ouvir o canto de longe
E vou indo, e voo, igual uma ave,
Pro ninho, o meu amor de longe.
E cabisbaixo assobio e me eclipso
Uma flor, só, no deserto do Egito.
Pior que isso só o inverno suíço.

PÁGINA 80

O TROVADOR

Trinta minutos passaram e Thomas não conseguia relaxar. Ele disse a Dora que gostaria de descansar um pouco antes do jantar, mas, quando Thomas se viu deitado na cama *king size* do quarto imenso e ricamente decorado na mansão de campo do dr. Alonso, ele se sentiu perturbado.

O dia tinha sido longo: Thomas passara a tarde inteira tocando violão na praça da fonte, em seguida fizera essa viagem inesperada para a casa de campo de gente que ele nunca tinha visto antes...

Thomas olhou para sua guitarra, mas, por mais estranho que pareça, ele simplesmente não conseguia esticar o braço para pegar o instrumento. Era seu costume sempre manter o violão perto da cama, como se o instrumento fosse uma espécie de companhia talismânica. Seus seres do som secreto tocavam as cordas produzindo melodias para embalá-lo até que adormecesse.

O jovem andou até a janela e a abriu, os olhos em busca das estrelas, mas ele só conseguia ver a escuridão. Thomas cerrou os olhos e cenas recentes invadiram seus pensamentos, imagens tão vívidas que ele sentiu as mãos trêmulas tentando apoiar-se na vidraça.

Dora e dr. Alonso saindo do carro estacionado no pátio de entrada. Um caseiro elegantemente vestido oferecendo-se para carregar seu instrumento, coisa que Thomas recusou. Os três caminhando ao longo do hall luxuoso rumo ao salão principal. As pinturas medievais nas paredes, obras que eram evidentemente genuínas, a coleção de objetos mágicos expostos em vitrines contendo facas para rituais sagrados, pedras encantadas, diários manuscritos em francês arcaico. Uma expressão satisfeita tomando a face do dr. Alonso ao perceber a curiosidade e espanto de Thomas diante da coleção. Não apenas isso, Alonso também se divertia diante da percepção de que Thomas tinha sentimentos ambivalentes, uma espécie de fascínio insólito, embora, provavelmente, também quisesse ir embora dali.

— O jantar será servido daqui a pouco — disse um cozinheiro usando o típico chapéu branco ao entrar na sala, que mais se parecia com um cenário de filme do que com um espaço real.

Thomas sendo então conduzido ao quarto de hóspedes. Assim que entrou no banheiro para lavar as mãos, ele ergueu os olhos para encarar o imaculado espelho brilhante e não conseguiu reconhecer a própria face.

Ele passou a vida inteira acompanhado dos seres musicais que flutuavam ao seu redor, refletindo-se nos espelhos, janelas e até mesmo copos. Thomas sempre os cumprimentava com um sorriso rápido e se detinha, mesmo que por apenas um segundo, para ouvir suas vozes melodiosas, grato por sua companhia; tudo isso acontecia naturalmente como uma sequência de gestos cotidianos.

"Esta é a primeira vez em que vejo minha cara totalmente só", ele pensou e, então, a tristeza e a vulnerabilidade deram a impressão de imprimir rugas profundas ao redor de seus olhos vazios. Thomas teve a impressão de ter envelhecido ao menos dez anos em duas horas.

— Você está pronto, meu querido?

A voz que o chamava era humana, sexy e dominadora. A voz de Dora.

Ela o despertou das lembranças recentes.

Thomas secou as mãos na toalha, saiu do banheiro, foi até a porta do quarto, abrindo-a.

— O que é isso?

A pergunta em tom de surpresa saiu de sua boca assim que ele viu uma Dora loira, de cabelos bem curtos, rindo muito de sua cara espantada.

— Agora sou eu, de verdade! — disse ela a Thomas quando o pegou pelo braço para conduzi-lo até a sala de jantar. O vestido estampado colorido, as sandálias douradas, a testa coberta por uma franja loira, flutuante, Dora exibia um sorriso novo, provocante.

— Quer dizer que você estava usando peruca antes? — indagou Thomas.

— Sim, estava. Meu trabalho como influenciadora digital deve ser separado do meu ser real. Detesto ser reconhecida quando vou ao shopping e, claro, vivo precisando comprar roupas e cosméticos... — ela disse enquanto flertava com ele.

— Por favor, não me leve a mal, mas eu nunca tinha ouvido falar de você antes — disse Thomas, um tanto desajeitado.

— Ah, tudo bem. Sou influenciadora de moda e você é músico. Vivemos em dois planetas diferentes, por assim dizer...

Thomas sorriu para disfarçar a falta de jeito e, nisso, ouviu ainda outra voz feminina:

— Bem-vindo à nossa casa, meu belo trovador! Dora me disse que você é um artista único!

Tão alta quanto a filha, Margareth se deslocou na direção de Thomas, com um sorriso irônico, balançando seus cabelos lisos e dourados, exatamente como os de Dora.

— Obrigado! Vocês duas se parecem muito!

Logo após fazer esse comentário, Thomas se sentiu subitamente tímido, deslocado, arrependido por ter aceitado um convite de gente que nunca tinha visto antes. Margareth sentou-se diante dele, do lado oposto da mesa e comentou:

— Dora disse que você teve uma bela plateia hoje! Estou tão feliz por ela ter conseguido trazer você aqui para nossa casa!

— Na verdade, acho que deveríamos agradecer ao papai — disse Dora. — Foi ele quem prometeu a Thomas que mostraria seu alaúde medieval!

— Ah, eu sabia que ele viria conosco! — declarou o dr. Alonso. — O trovador que o habita jamais declinaria o encontro com um instrumento tão lendário. Estou certo, Thomas?

— Pois eu não tinha certeza de que você viria conosco — disse Dora, provocando-o. — Afinal, eu reparei naquela linda garota da floresta que não tirava os olhos de você, Thomas.

— Uma jovem da mata? De verdade? — indagou Margareth. — Você quer dizer uma nativa? O que ela estava fazendo no centro da cidade então?

Thomas não gostou do tom desdenhoso do comentário de Margareth e desviou o olhar para a taça de cristal que tinha em mãos, sentindo tanta falta de ouvir os sons sutis de suas criaturas secretas sempre a lhe sugerir a melhor coisa a dizer ou fazer. Sem palavras e cabisbaixo, Thomas bebeu um gole de água mineral para disfarçar a vontade cada vez maior de pegar um carro e ir embora daquele lugar.

Foi quando ele o viu. O alaúde. Pendurado na parede. Não só o instrumento era de uma beleza evidente, como também o atraía magneticamente. Thomas suspirou. Não, agora ele não seria mais capaz de ir embora simplesmente. Sim. Ele ficaria ali. Definitivamente.

— O alaúde é maravilhoso, não é mesmo? — indagou o dr. Alonso, ao captar o olhar fascinado de Thomas fixado no instrumento, e acrescentou ao apontar para o mesmo. — Tenha paciência, meu jovem. Primeiro você precisa relaxar, divertir-se, até estar preparado para tocá-lo.

A sobremesa estava deliciosa e, quando Thomas serviu-se da segunda fatia de bolo de chocolate, já se sentiu feliz por ter ousado aceitar um convite tão abrupto feito por essa gente que ele não conhecia. Velas perfumadas espalhadas por toda a sala e a somatória de prazeres, a comida deliciosa, as luminárias de luz difusa, a mobília confortável, a sensualidade de Dora e, é claro, a música medieval, pareciam capturar-lhe a alma.

Ele se sentou no sofá de veludo, sentindo o perfume de Dora, ao seu lado, rindo das piadas de Margareth, tomando cafezinho, comendo doces, enquanto ouvia o dr. Alonso descrevendo suas viagens pelos quatro cantos do mundo. Aos poucos, Thomas começou a sentir-se aconchegado, confortavelmente letárgico.

De volta ao quarto, todo o relaxamento anterior deu lugar a uma forte sensação de frio na espinha. O sol nascia sem que ele tivesse dormido. Thomas voltou para cama. Ele tinha que dormir, mesmo que tivesse que se auto-hipnotizar até começar a sonhar...

A face de Marlui...

Os olhos dela cintilando com a calma beleza das águas tranquilas. Thomas sentou-se na cama. Não, ele não haveria de dormir aquela noite. Ele perguntou-se sobre o paradeiro de Marlui naquele exato momento. Será que ela tinha voltado à sua comunidade? Estaria ela atravessando a floresta de noite? Subitamente, o desejo de conversar com ela, de estar em outro lugar, o dominou fortemente.

Ele amaldiçoou sua própria alma inconstante. Por que ele havia se deixado seduzir? Por que não tinha seguido seus verdadeiros desejos e optado por passar algumas horas na companhia de uma jovem com quem realmente queria estabelecer um contato profundo?

Marlui era capaz de ver seus seres de sons, ele sabia. Quando ela o fitou durante a apresentação na praça, ele teve certeza de que os olhos dela podiam vê-los, desvendando não apenas a presença de suas criaturas musicais, como também de vários outros mistérios. Mas não. Ele teve que fugir. Ser seduzido e persuadido era sempre tão mais fácil do que seguir a própria verdade, pensou Thomas. Mas então havia o alaúde, tão pertinho de seu quarto. O magnetismo que aquele instrumento exercia sobre ele. Thomas perdoou-se ao considerar a possibilidade de um grande encontro musical. Algo estava destinado a acontecer. Além disso, ele tinha ouvido Marlui dizer que sua comunidade ficava na área florestal. Ele daria um jeito de reencontrá-la, no futuro. "Talvez o alaúde seja meu verdadeiro chamado", assim que essas palavras saíram de sua boca, ele conseguiu finalmente adormecer.

Sete da manhã. Thomas olhou para a tela de seu celular para ver as horas. Era uma manhã cinza, nublada e as gotas de chuva salpicavam as cortinas da janela que ele tinha deixado aberta. Thomas levantou-se para fechar a janela e ouviu alguém bater à sua porta.

— Thomas, você já está acordado?

— Um minuto.

Ele lavou o rosto, penteou o cabelo para trás, vestiu suas roupas e abriu a porta. Os olhos verdes de Dora podiam ser lindamente maliciosos; seus movimentos rápidos e atléticos atraíam Thomas. Ele se sentia constantemente desafiado por ela e gostava desse jogo.

— Ah, você ainda está loira, então?

— Sim, achei que você gostou mais de meus cabelos curtos, loiros, do que de minha peruca de cabelos castanhos e compridos...

— Você fica só me iludindo...

— Eu estava só brincando com você...

— Bom dia, Thomas! Vamos fazer uma breve caminhada?

Margareth veio na direção de ambos, a passos rápidos, depois o pegou pela mão e, sem aguardar uma resposta, abriu a porta de trás que dava para o jardim. Thomas olhou ao redor para ver se via um guarda-chuva ou casaco impermeável, mas não encontrou nada que o protegesse da chuva súbita e intensa.

Novamente dominado pela vontade de outra pessoa, Thomas apenas seguiu mãe e filha, os olhos turvos pelas espessas gotas de chuva, os ouvidos ensurdecidos pelos trovões. Seus pés pareciam incrivelmente pesados, enquanto ambas o conduziam até uma clareira cercada de eucaliptos, árvores muito altas, delgadas e dançantes.

Seria a chuva pesada ou talvez o bando de nuvens escuras que impediu Thomas de olhar por onde pisava? Quando ele tropeçou e caiu no buraco fundo e enlameado, Thomas percebeu que agora fora literalmente encurralado. O que será que aquelas mulheres pretendiam fazer com ele? Thomas levantou-se do solo escorregadio e encarou ambos os rostos, agora tão semelhantes na maneira como o fitavam friamente. Thomas levantou a cabeça para gritar, mas, ao sentir a boca cheia de terra, viu que lhe restava apenas o gesto de tentar cobrir o rosto com os braços enquanto as duas mulheres o enterravam vivo.

Thomas saltou da cama.

Alguém batia na porta de seu quarto.

Ele correu até o banheiro, enfiou-se debaixo do chuveiro, ainda tremendo e suando depois do pesadelo horrendo, e gritou:

O MÚSICO

— Fico pronto num minuto!
— Senhor, eles estão à sua espera! — disse a voz da caseira.

Thomas deixou que a água morna o livrasse de seu sonho, enquanto prometia a si mesmo que não ficaria naquela casa por nem mais um minuto!

ORFEU

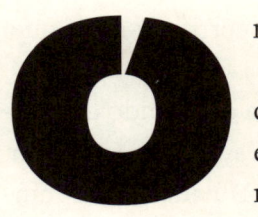

O mito de Orfeu nasceu na antiguidade grega.

Filho do rei Eagro e Calíope, a mais poderosa de todas as nove musas, Orfeu era o cantor por excelência, além de músico e poeta. Seu instrumento era a lira. Originalmente, sua lira tinha sete cordas, mas Orfeu inseriu mais duas, para agradar a todas as nove musas. Sua voz era tão sublime que os animais o seguiam, as árvores dançavam, as flores desabrocharam para cumprimentá-lo quando ele cantava e os seres humanos, mesmo os de mente perturbada, acalmavam-se ao som de sua música.

Orfeu participou da perigosa jornada dos argonautas. Durante uma tempestade marítima, o músico apaziguou as ondas com sua música. Quando as sereias se aproximaram para hipnotizar os seres humanos com suas vozes melodiosas, tentando atraí-los para o fundo do mar, Orfeu cantou e foi sua música que arrebatou as sereias a tal ponto que elas então permitiram que a nau fizesse a travessia dos mares incólume.

No entanto, os episódios mais famosos de sua história estão relacionados com sua bela companheira, uma ninfa chamada Eurídice. Ela saiu para fazer uma caminhada e foi seguida por Aristeus. Dominado por uma paixão insana, ele desejava raptá-la. Ao fugir dele, Eurídice acidentalmente pisou numa serpente, que a mordeu. A jovem morreu imediatamente e, ao saber disso, Orfeu, inconsolável, desceu ao mundo das trevas para trazê-la de volta à vida. Usando sua música como um escudo mágico, Orfeu seduziu não apenas todas as criaturas perigosas que encontrou pelo caminho, como também os deuses do mundo oculto: Hades, deus da morte, e Perséfone, sua esposa.

Ambos comoveram-se com a beleza da música de Orfeu e decidiram dar ao músico uma última chance para provar a profundidade de seu amor por Eurídice. Apenas uma condição foi imposta ao casal Orfeu e Eurídice. O jovem teria permissão de percorrer a trilha da luz e regressar ao mundo dos vivos, seguido por sua amada, contanto que não se virasse para olhá-la. O músico deveria demonstrar absoluta confiança no amor de ambos, evitando certificar-se de que ela estaria seguindo seus passos.

Orfeu tocou sua música durante toda a saída do mundo das trevas. Contudo, nos últimos passos, assim que ele avistou a saída, um temor súbito e extremamente forte o dominou. Dúvidas invadiram-lhe a mente. Será que Eurídice realmente o seguia? Será que Hades e Perséfone seriam capazes de cumprir sua palavra? Será que ele tinha sido enganado? E, se Eurídice estivesse ainda presa nas trevas e ele fora iludido apenas para deixá-la ali, eternamente?

Orfeu subitamente virou a cabeça para olhar sua amada...

Eurídice morreu imediatamente e, dessa vez, o destino dela foi irreversível. Ela ficou para sempre presa no mundo das trevas.

Orfeu desesperadamente tentou trazê-la de volta à vida com o poder de sua música, mas agora isso não era mais possível. Orfeu foi obrigado a regressar ao mundo dos vivos totalmente só.

Ao músico só restou cantar a respeito de seu amor perdido. Sua comovente música, agora ainda mais tocante, emocionava a todos que o ouviam, muitas mulheres tentaram fazer com que o jovem as amasse e assim se esquecesse de Eurídice. Assim que percebiam que ele simplesmente era incapaz de lhes retribuir o afeto, as jovens ficavam tão furiosas que, finalmente, Orfeu foi decapitado por algumas delas.

ORFEU

Após sua morte, sua lira foi levada aos céus e se tornou uma constelação. A alma de Orfeu foi conduzida até os Campos Elísios, onde começou a compor as mais belas canções de amor e felicidade.

NA CASA DE GABRIELLA

Assim que Gabriella terminou de ler as várias versões do mito de Orfeu, decidiu que criaria um arco narrativo capaz de realmente destacar a relevância desse mito nos dias de hoje. Tantos músicos jovens, brilhantes, morriam de forma prematura. "A música com certeza é a mais poderosa de todas as artes", pensou ela. "Talvez seja exatamente por isso que seus jovens sacerdotes, esses filhos de Orfeu, tão adorados e devorados por legiões de seguidores fanáticos corram perigo?" Tudo lhe pareceu tão ambivalente... Fãs? O poder que a música exerce no sentido de aproximar as pessoas, ao mesmo tempo, parece lhes conferir uma espécie de cegueira quanto à real vulnerabilidade dos músicos, de um modo geral. Por mais generosos que sejam os músicos, constantemente compartilhando seus dons, as pessoas nunca param de exigir mais e mais. Por vezes espionando sua vida privada, como se desejassem capturar o segredo da criatividade para si mesmas...

"Meus heróis morreram de overdose...", Gabriella cantarolou os famosos versos de Cazuza. Ela amava as canções dele, esse belo filho de Orfeu que morreu no auge da juventude. Por que tantos jovens músicos são tão ingênuos? De corações feridos? Presas fáceis para vampiros contemporâneos: aspirantes a celebridades, sócios traiçoeiros e fãs alucinados? Se a música é mãe de todas as artes, um meio de comunicação tão forte, por que então os artistas mais talentosos parecem incapazes de lidar bem com essa escolha?

Ela colocou de lado o dicionário de mitos e abriu a bolsa. Sim, ela tinha guardado o cartão do músico:

Thomas Felippe
Músico e Compositor

Gabriella reparou no número do celular logo abaixo. Soltou um suspiro. Ela podia ligar quando quisesse. Mesmo assim, teria que inventar uma desculpa, caso contrário ele não iria entender sua preocupação.

"Que coisa mais estranha", ela pensou, enquanto batia de leve com o cartão contra a mesa. A sensação sinistra que a tomava ao pensar no músico. Quando Thomas tocou seu violão, ele certamente exerceu total domínio sobre a plateia. No entanto, ele abandonou a todos apenas para acompanhar aquele pseudoerudito sombrio, o tal do dr. Alonso. Bastou olhá-lo de relance para decidir que não gostava do jeito antipático dele. Será que Thomas tinha um ponto fraco e não conseguia discernir aquele poço de arrogância? Ou seria por causa do jeito sexy de Dora?

Gabriella decidiu que iria escrever sobre seus sentimentos, talvez eles pudessem lhe dar uma base criativa para a invenção de uma apavorante história de suspense. Mas, assim que ela começou a escrever, foi como se as palavras escapassem de sua mente. Não conseguia encontrar a linha narrativa apropriada, as metáforas adequadas para converter os medos que a assolavam numa narrativa que ela pudesse controlar.

Sim, ela entraria em contato com ele. Sim, ela conseguiu uma desculpa... isso mesmo. Gabriella diria a Thomas que queria entrevistá-lo para colher elementos para sua nova adaptação do eterno mito grego. Seria Thomas uma espécie de Orfeu contemporâneo?

AUSÊNCIA

Vera chegou à universidade meia hora do início de sua aula. Correu até a secretaria e perguntou diretamente:

— O dr. Alonso já chegou? Gostaria de trocar uma palavrinha com ele.

— Ah, professora — disse a jovem —, ele não vem hoje. Pediu licença por motivos de saúde...

— Como assim? Ele disse que está doente? Ontem mesmo encontrei com ele e a filha. Ele estava ótimo!

— Eu só sei que hoje ele não vem para a universidade. A senhora gostaria de deixar um bilhete ou recado?

— Não, obrigada. Vou tentar falar com ele amanhã então...

Vera soltou um suspiro de alívio. Seus sentimentos envolvendo tudo o que havia vivido nos últimos dias eram muito contraditórios. Ficar sentada num banco de praça, ouvindo música, conversando com gente desconhecida, quebrando sua rotina a troco de nada, e, principalmente, toda essa preocupação com um jovem que ela mal conhecia... Por que ela se importava tanto com ele? Talvez nunca mais o visse. Não era seu perfil se intrometer na vida dos outros.

"Acho que vou voltar para casa logo depois da aula e passar a tarde lendo os textos dos alunos... nossa, quanto trabalho pela frente...", pensou.

— Vera! Que bom encontrar com você! Como você está se sentindo depois de nossa bela tarde musical na praça?

Jonas Santos, seu colega predileto. Ela sorriu e o cumprimentou enquanto ele não parava de falar. Típico do Jonas.

— Achei que você não viesse dar aula hoje. Você mudou a agenda? É ótimo esse reencontro! Vamos tomar um cafezinho...

— Tenho que dar uma aula hoje sim. Mas dá tempo de tomar um café, com certeza!

Vera foi seguindo Jonas até a cafeteria. Quando se sentou no banco e sorveu um delicioso café preto, não aguentou mais e também desatou a falar:

— Jonas, o que você realmente acha do dr. Alonso? Anda, me conta aí tudo o que você sabe!

— Bom, ontem, lá no parque, você não ficou com a impressão de que o dr. Alonso e sua linda filha socialite estavam meio deslocados? Por que estavam ali, entre nós, os meros mortais, as crianças, os idosos e mais todo aquele pessoal que assistia ao Thomas? Eu acho que eles orquestraram aquele encontro.

Vera olhou ao redor e depois falou em voz baixa:

— Fiquei espantada quando vi o Thomas saindo com eles, deixando todos nós para trás. Confesso que sou uma pessoa muito cética, mas minha mãe era ligada ao misticismo. Se ela ainda estivesse viva, diria que o Thomas tinha sido hipnotizado ou coisa do gênero...

— Vera, agora vou confiar em você, porque não posso contar essas coisas para mais ninguém da universidade. Esse dr. Alonso é um sujeito muito estranho.

— Eu também acho... Como disse antes, não é que eu acredite em intuição ou toda essa bobagem esotérica, mas, pela primeira vez, tive a sensação de que ele era uma espécie de predador que tinha dado um jeito de se aproximar da presa...

— Bom, eu só sei uma coisa — disse Jonas —: eu tinha um aluno, o Rafael, um jovem genial que também estava tendo aulas com ele. O garoto era sensível e supercriativo. Ele desenhava muito bem, escrevia muito bem, tocava piano maravilhosamente. Um dia, ele me disse que tinha sido convidado para jantar na casa do dr. Alonso. Depois disso, ele nunca mais parou de falar da filha do dr. Alonso, a

Dora. Achei que eles estavam envolvidos. Mas aí ele começou a mudar. Emagreceu, perdeu o foco, ficou com jeito de doente. Cheguei a pensar que ele estivesse bebendo muito ou ingerindo substâncias, algo assim. Mas não. Ele me disse que estava gripado e só. Finalmente, um dia desses, encontrei com ele aqui, nesse mesmo café. Quando o cumprimentei, ele me deu um abraço apertado e desatou a soluçar como se fosse um garoto. Então eu o levei até o jardim e lhe perguntei o que estava mesmo acontecendo. Ele ficava só dizendo, quer dizer, repetindo as mesmas coisas: "Roubaram o meu dom; não consigo mais tocar. A Dora me chutou assim que eu perdi o meu talento."

— Que coisa mais esquisita! — disse Vera. — Como é que alguém pode roubar o talento de outra pessoa?

— Exato! — disse Jonas. — Ele falava essas coisas e o corpo dele tremia, parecia até sintoma de abstinência. O garoto ficava só murmurando coisas que eu não conseguia entender. Mas de uma coisa tenho certeza: ele me disse que tinha participado de um tipo de ritual muito estranho. Aparentemente tudo começou muito bem. Ele se viu cercado de gente bonita e elegante. Tocou o piano, fazendo uma performance para um pequeno grupo, se é que você me entende. Ele se sentiu no topo do mundo. Como se ele estivesse entre os melhores, como se fosse o príncipe de uma realeza muito exclusiva.

— Mas então por que ficou tão perturbado? — indagou Vera.

— Você já parou para pensar como seria esse clima todo, Vera? Sentir-se no topo do mundo? Eu detesto essas coisas. É como diz um amigo meu, a palavra "exclusivo" inclui o conceito de "exclusão", não se misturar, não compartilhar. Você conhece bem minha alma de hippie velho... Eu me sentiria muito desconfortável se estivesse no lugar dele, cercado de egos gigantes, vomitando sua pseudossuperioridade na cabeça de todo mundo... Como deve ser exaustivo ter que bancar o superior o tempo todo? O melhor! E o que significa ser o melhor? O melhor que a gente pode ser e fazer? Aí tudo bem! Mas ninguém está acima de ninguém. Para mim VIP, em vez de *very important people*, deveria ser sinônimo de *very idiotic people*!

AUSÊNCIA

Vera riu muito, deu um tapinha no ombro de Jonas e disse:

— Olha só quem fala! Você nasceu numa família muito abastada. Mesmo assim você é uma ótima pessoa, um professor brilhante, sempre pronto a ajudar...

Jonas fez um sorriso encabulado e disse:

— Ah! Obrigado! Que bom saber que você pensa assim ao meu respeito. Acho que meus pais nunca permitiram que eu tivesse uma vida superprotegida, cercada de privilégios. Além disso, eles sempre me falavam da vida como ela é, lógico, na medida do possível, mas eu realmente nunca tive ilusão quanto ao que significa ter riquezas, esse glamour tão falso que o jogo de aparências pode emprestar... No entanto, esse meu aluno, o jovem pianista, teve que batalhar muito para conseguir terminar a faculdade de direito. Por falar em termos em inglês, ele era um *self made man*, um garoto que veio de uma família que não valorizava a arte. Ele era quase um personagem do *Grande Gatsby*, sabe? Você se lembra do romance? Essa tal de Dora devia fasciná-lo tão profundamente quanto a gélida Daisy da obra do Scott Fitzgerald.

— Gélida... — disse Vera, depois fez uma pausa antes de acrescentar: — A Dora com certeza já tinha se esquecido totalmente desse seu aluno ontem, na praça. Lá estava ela jogando charme para cima do Thomas, tentando atrair o rapaz para a casa deles. Era nítido isso... E onde foi parar seu aluno agora?

— Ele teve uma depressão profunda e a família o levou para fora de São Paulo, para que se recuperasse numa cidadezinha de Minas Gerais, onde moram alguns parentes. Tinham medo de que ele acabasse com a vida. O garoto parecia mesmo tão perturbado com a situação toda que resolvi investigar por conta própria. Aparentemente, o Alonso, a esposa e a filha são líderes de um culto que está, de algum modo, conectado a tradições musicais. O Alonso é um colecionador de instrumentos antigos reconhecido internacionalmente, imagine só. Ele também guarda partituras antigas e, de vez em quando, lidera um ritual no qual as pessoas fazem música usando os instrumentos de sua coleção privada. Os seguidores dele são jovens e talentosos, em sua maioria. Durante o período em que pertencem ao grupo, agem como se de fato se sentissem superiores, mas a maior parte deles acaba largando os estudos, não só aqui, na nossa faculdade, como também em outras universidades. Um amigo meu psiquiatra disse que viu um aluno dele tendo um surto violento no ambulatório aqui do centro, faz alguns meses.

— Como é que tem gente que cisma ser superior que os outros? Para mim, é bem o oposto — disse Vera. — Eu já vi tanta gente vazia, emocionalmente miserável, deprimida, entre os mais ricos. De um jeito ou de outro, Jonas, nossa conversa de hoje me ajudou a tomar minha decisão. Eu também tenho o número do celular do Thomas. Preciso dar uma desculpa e ligar para ele, nem que seja só para verificar se está tudo bem.

— Se ele é um músico tão talentoso, talvez você realmente pudesse convidá-lo para fazer uma apresentação musical em nosso festival literário de primavera — sugeriu Jonas.

Sem a menor hesitação, Vera pegou o cartão e chamou o número de Thomas. Mas a chamada caiu diretamente na caixa de recados. Ela não teve coragem de lhe deixar uma mensagem. O que poderia dizer numa mensagem afinal?

DIÁRIO DE **Thomas**

OUVIR OS CONSELHOS DO RIO

A prática de permitir-se dissolver-se no fluxo das águas do rio. A contemplação silenciosa é um modo de deixar a mente se deslocar até atingir um estado onírico no qual ela se une harmoniosamente a outras formas de vida, em plena humildade, sabedoria e paz. A cura nasce do som das águas.

PEIXE, RAPOSA E PÁSSARO

Marlui adormeceu no ônibus, durante todo o caminho de volta na estrada até a entrada da área de preservação florestal.

— Você está cansada, querida?

Marlui sorriu para um senhor idoso ao seu lado.

— Essa não é sua parada?

— Obrigada, senhor!

Sim, ela estava exausta. Não apenas por conta da longa viagem de ônibus, mas, principalmente, porque ficar um tempo na cidade nunca foi fácil para Marlui. Ela desceu a escadinha do ônibus rapidamente e atravessou a ponte correndo. Ao alcançar a ponte, deteve-se por alguns minutos para observar o fluir das águas. Depois respirou fundo, revigorando-se, arrancou fora as sandálias e desceu até a margem do rio. Sentou-se sobre a areia macia e enfiou os pés descalços nas águas correntes, refrescantes. Olhou por sobre o ombro esquerdo e sorriu para os parentes que cruzavam a ponte a caminho da aldeia. As crianças a chamaram:

— Anda, Marlui, vem para casa!

Ao ouvir sua língua materna, o guarani, Marlui sentiu-se como se estivesse reconectando consigo mesma, as algas acariciavam-lhe os pés enquanto uma sensação profundamente reconfortante espalhava-se por todo o seu corpo.

— Daqui a pouquinho eu volto pra casa! Só quero ficar mais um minuto por aqui! — ela gritou para os parentes, sorrindo e acenando.

As primeiras estrelas rompiam o horizonte azul-claro, quando ela ouviu o sutil ruído de folhas de grama movendo-se suavemente sob a brisa. Em seguida, ela se pôs a cantarolar as melodias do músico. Ela jamais as esqueceria, ela nunca o esqueceria. Será que ambos se encontrariam novamente?

Repentinamente, a música de Thomas parecia ecoar sobre as margens do rio, como se o jovem estivesse ali, tocando ao vivo. Mas, agora, era como se a música soasse de um modo diferente. Marlui estremeceu ao captar a assombrosa beleza daquelas melodias atemporais. Deitada sobre a grama, ainda mantendo as pernas nas águas, Marlui foi se sentindo como um peixe, uma raposa e uma ave. Ao fitar a lua, ela se afastou do rio. Marlui viu seu próprio corpo escapar, escoando calmamente pelos céus, e, assim que cerrou os olhos, seu espírito viajou enquanto ficava tranquilamente adormecida. No entanto, ela se surpreendeu no interior de uma sala elegante, pairando ao lado de Thomas enquanto ele tocava um instrumento muito antigo. Havia pessoas sentadas diante dele, algumas delas de olhos fechados, outras balançavam as cabeças como se estivessem em transe. Thomas tocava interpretando uma partitura, mas o instrumento parecia ter vida própria.

Marlui sabia que não poderia recorrer aos seus sentidos físicos quando seu espírito a conduzia através de jornadas distantes. Mesmo assim, ela desejou estar naquele lugar, não apenas no espírito, como também fisicamente. O instrumento a atraía como um ímã poderoso. Ele parecia antiquíssimo, mas talvez, se ela pudesse tocá-lo, fosse capaz de ecos melodiosos de seus antigos instrumentistas. Será que Thomas percebia o poder desse instrumento? O que será que o toque mágico daquela pele de madeira sob seus dedos lhe evocava? Quem seriam aquelas pessoas na plateia? Até que ela os reconheceu: pai e filha.

Seu coração da mata invocou a onça e o espírito de Marlui rapidamente circulou o jovem como se tentasse gerar um escudo protetor. Seria o suficiente... Mas, não. O professor, o pai, ergueu a taça para propor um brinde, mas, no lugar de beber o vinho, ele se aproximou de Thomas e simplesmente derramou o líquido ao redor do jovem, murmurando versos mágicos. "Será que ele sentia sua presença?", perguntou-se Marlui. "Como assim?" Ele não deveria conhecer as tradições originárias das florestas, como poderia vê-la?

Por mais que o senhor tentasse banir sua presença, Marlui não iria permitir que ele a expulsasse da sala. Nisso, ela se transformou em pássaro e pousou no ombro esquerdo de Thomas. Marlui decidiu que ficaria ao lado dele, custasse o que custasse...

TROCA DE SEGREDOS NO JARDIM

— Por favor, Dora, pare de ficar me beijando, vamos conversar um pouco!

Algumas horas antes, ao entardecer, Thomas gentilmente tentava afastar de seu rosto as mãos dominadoras de Dora. Mas não conseguia. Dora continuava a espalhar beijos rápidos no seu pescoço, faces e boca. Ele tentou retribuir os beijos, mas assim que tocou os longos cabelos castanhos dela, percebeu que acariciava uma peruca e uma assustadora sensação o dominou.

Thomas afastou-se dela e perguntou à queima-roupa:

— O que você quer de mim, Dora?

— Olhe ao seu redor, Thomas! Estamos no jardim da casa dos meus pais. Você tem medo do quê? Por que não pode relaxar um pouco?

— Em primeiro lugar, por que você está usando peruca de novo? Achei que você se sentiria tão à vontade aqui que poderia, ao menos, ser a garota naturalmente loira que é... — disse ele, levantando-se do banco. — Nós terminamos de almoçar, você me convidou para sentar no seu banco preferido. Assim que nos sentamos, você começou a me beijar sem parar, do nada. Não gosto de ser manipulado, Dora, não sou brinquedo, não...

Dora levantou-se para ficar ao lado dele e riu, encarando-o diretamente nos olhos.

— Desculpe, Thomas. Não consegui evitar, foi sem querer, só isso... Mas, olha, vamos tirar algumas fotos juntos! Posso postá-las nas minhas redes sociais?

— Então agora quem fala comigo é a Dora influencer, de cabelos castanhos... Você não tem medo de desenvolver dupla personalidade? — perguntou Thomas, ironizando-a com uma voz mais relaxada e brincalhona.

— Não... veja bem, Thomas, ambas as Doras, loira e morena, sentem muita atração por você. Por que você acha isso tão esquisito?

— Eu não usei o termo "esquisito"... — disse Thomas, enquanto ambos lentamente caminhavam à sombra das árvores verdes e delgadas —, mas quero que você saiba que não me sinto muito à vontade ao seu lado, perto da sua família. Estou com vontade de ir embora desde o café da manhã...

— Você pode ir embora quando quiser, claro — disse Dora, agora com uma expressão de tristeza no rosto. — O que incomoda tanto você? Nós tentamos te deixar totalmente confortável.

— É como se eu tivesse sido atraído, hipnotizado, fico com a impressão de ter perdido controle da situação. Eu tinha um monte de coisas para fazer lá em casa, e aqui estou, fazendo tudo o que vocês querem que eu faça. Aliás, o que devo fazer em seguida? Qual é o interesse do seu pai em meu trabalho? Ele fica dizendo que vai me mostrar o alaúde, mas por que me escolheu?

— Bem, vou contar um pouco sobre meu pai. Como você já percebeu, nossa família tem dinheiro há muitas gerações. Dinheiro antigo, como se diz. Nossa família segue uma tradição de levar uma vida bem reservada, para evitar gente interesseira, golpista, para jamais sermos enganados. Além de termos que lidar com o isolamento social, meu pai, principalmente, foi orientado a jamais se expor. Veja bem, meus avós pertenciam às famílias mais ricas da América Latina, de modo que a imprensa nos destruiria caso algum de nós tentasse desenvolver seus próprios talentos, como qualquer pessoa normal, como você, por exemplo...

— Não sei se estou entendendo direito, Dora — disse Thomas —, mas, pelo menos, estamos tendo uma conversa normal. Agradeço a confiança ao compartilhar comigo seus segredos de família.

Dora sentou-se numa poltrona confortável ao lado da piscina e pediu a Thomas que se sentasse na poltrona ao seu lado. As águas azuis cintilantes pareciam tranquilizá-lo enquanto ele a ouvia:

— Papai tem ouvido absoluto. Meu avô percebeu que ele tinha um filho muito talentoso quando reparou que papai era capaz de assobiar perfeitamente qualquer melodia mesmo que só a tivesse ouvido uma única vez. Na escola, os professores logo repararam na beleza de seu assobiar, então disseram aos meus avôs que papai deveria receber educação musical desde criança. Acontece que vovô era um homem muito rígido, sempre desconfiado de que as pessoas estavam interessadas em arrancar seu dinheiro ou posses. Até aquele dia, nunca tinha lidado com algo que pudesse ser realmente compartilhado, como um dom musical.

— E daí? Você está me deixando curioso, Dora... — disse Thomas, tocando a mão dela agora.

— Bem, ele proibiu meu pai de assobiar na escola, achava que isso chamaria muita atenção e, durante a vida inteira, ficou obcecado em evitar que alguém da família fosse sequestrado, de modo que mantinha guarda-costas, carros blindados, sistemas de máxima segurança nas residências etc. Quer dizer, ele era mesmo obcecado. Em seguida, ele contratou o melhor e mais caro professor que pôde encontrar. O mais caro sempre foi considerado o melhor em nossa família. É claro que o professor de música do papai, tendo sido escolhido por meu avô, era um sujeito esnobe e totalmente neurótico. Ele vinha diariamente e fazia meu pai ouvir música clássica durante horas a fio. Ele obrigou meu pai a ficar assobiando ou cantarolando as melodias inúmeras vezes. Não acreditava realmente que uma criança pudesse ter tanta sensibilidade musical assim. Meu pai ficou traumatizado. Quando enfim foi apresentado a instrumentos musicais, e o piano foi o primeiro deles, meu pai não conseguia reproduzir as notas com tanta perfeição quanto o professor exigia. É claro que ele precisava de treino. Mas o professor era impaciente e foi muito duro com meu pai. Ele não tinha permissão de brincar no jardim, assistir à TV ou ao menos ter algumas horas livres como qualquer outra criança da idade dele.

Assim, papai desenvolveu um bloqueio de aprendizagem e, como estava proibido de assobiar diante dos amigos, entrou em depressão. Finalmente, quando foi crescendo, convenceu meu avô que não queria ser músico, que preferia ser advogado. É claro que essa decisão agradou a família inteira. Parecia bem mais razoável do que seguir carreira na música, no fim das contas.

— Como foi que ele ficou sabendo de mim? A minha relação com a música não tem nada a ver com uma história trágica dessas. Coitado de seu pai...

— Bem, minha mãe sempre foi apaixonada por mitos, rituais e magia, então quando os dois se conheceram, ela sentiu uma profunda compaixão pelo sofrimento enfrentado por papai durante a infância. Ela decidiu que o ajudaria a reconectar-se com a música de novo e o convenceu a participar de um antigo ritual. Papai adorou a experiência e acabou ficando obcecado pela obsessão de mamãe com rituais. Quer dizer, os dois saíram viajando pelo mundo para comprar instrumentos antigos, para ouvir os músicos mais talentosos e, claro, para fazer iniciações em magia com os melhores e mais caros magos do mundo. E aqui, de novo, cito uma expressão muito recorrente em nossa família: o melhor e o mais caro. Porém, quando a gente fala de talento verdadeiro e poderes sobrenaturais, nem sempre tem a ver com dinheiro. Quer dizer, o dinheiro não pode comprar essas coisas. Eles tentaram convencer membros dos povos originários a vir aqui em casa para fazer seus rituais diante do grupo de meus pais, mas eles recusaram o convite, dando todo tipo de desculpa possível e imaginável.

— Como assim?

— Alegaram que havia maus espíritos, más intenções, coisas assim... então o Papai não gosta muito deles. Na verdade, o sonho do papai sempre foi o de encontrar jovens verdadeiros, naturalmente talentosos, para convidá-los para tocar seus adorados instrumentos de acordo com as antigas partituras... Por favor, tente entender o lado de meu pai. Não o julgue duramente.

— Você ainda não me disse como foi que ele me encontrou.

— Contei, sim. Eu li uma entrevista sua no jornal e depois assisti à outra que você deu na tv. Comecei a seguir você nas redes sociais. Eu sabia que você gostava de tocar na praça da universidade. Seja como for, quando papai ouviu sua música, percebeu que você devia ser tão talentoso na infância quanto ele. Então acho que ele quer te ver tocar exatamente como ele teria feito caso meu avô não tivesse privado de seu dom e atrapalhado sua carreira musical...

— Tudo bem, então. Vou ficar aqui, com vocês — disse Thomas. — Além disso, eu realmente quero tocar um autêntico alaúde medieval.

Assim que ele disse isso, Dora saltou da poltrona e começou a beijá-lo de novo. Dessa vez, Thomas não resistiu a ela.

DANÇANDO CONFORME A MÚSICA

Gabriella adorava ouvir as gargalhadas de Manuel e André pela casa. Eles brincavam sem parar. Suas duas fontes de constante inspiração... Ela deixou o estúdio e foi até a cozinha para preparar-lhes um lanche. Suco de melancia e bolo de cenoura. "Eles vão gostar", pensou ela.

Enquanto cortava as fatias de bolo e enchia dois copos de suco, Gabriella reconheceu uma melodia familiar.

— Que música é essa? — ela indagou a André. — Sei que já ouvi antes, mas não consigo lembrar quando ou onde foi... é tão linda...

Os dois meninos deram risada e se puseram a cantarolar em perfeita harmonia. Então, ela descobriu de onde vinha aquela melodia: era uma das canções de Thomas. A mesma que ele tinha tocado na tarde anterior...

— Que música mais linda!

Gabriella ouviu a voz animada e os passos rápidos de Jonas atravessando a sala. Ela adorava sua rotina noturna: a conversa na cozinha com Jonas enquanto ambos preparavam o jantar. Depois, colocar os meninos para dormir, tomar sua ducha antes de deitar na cama, ler um pouco e depois curtir o seu companheiro.

— Você acha que nossos filhos têm dom musical? — Jonas perguntou a Gabriella enquanto tirava uma jarra de suco de laranja da geladeira. Gabriella lhe entregou um copo vazio, indicando que ela também queria um pouco, ao responder:

— Eles ficaram muito impressionados com o Thomas. Não consigo parar de me perguntar como foi que sonharam com ele antes. Também fiquei cismada com o fato de que foram os meninos que insistiram para que eu os levasse até a praça. Eles até me disseram que iriam encontrar um novo amigo.

Jonas se aproximou dela, na bancada da cozinha, e disse:

— Ah, minha querida, você não acha que está exagerando e imaginando coisas? Quer dizer que tudo é só coisa de criança. Mas estou começando a achar que eles têm dom para a música. Os dois. Olha só, outro dia, li que tem gente com o ouvido absoluto. Você já ouviu falar disso?

Gabriella sorriu enquanto lavava folhas de alface fresca para a salada. Ela adorava sua própria loucura criativa, como também apreciava muito o jeito pragmático de Jonas. O mundo dele era o universo da lei, dos direitos humanos e, sim, da busca por justiça social. Enquanto escolhia os melhores tomates para acrescentar à salada, ela lhe respondeu:

— Sim, já ouvi falar. Outro dia estava estudando as crianças com síndrome de Savant. Muitas dessas mentes jovens estão dentro do espectro autista e podem ter dificuldades na sociabilidade, ao mesmo tempo que possuem habilidades excepcionais em áreas como matemática e música...

Jonas pegou uma toalha de papel para limpar uma gota de suco caída sobre a superfície da bancada. Gabriella sorriu, aqueles gestos precisos, meticulosos dele eram encantadores. Jonas retribuiu o sorriso e disse:

— Nossos meninos são muito sociais, então acho que eles não correspondem a essa descrição... — Depois acrescentou: — Mas agora você me deixou curioso.

Gabriella riu, limpou as mãos no avental, correu até o estúdio, pegou o laptop e abriu a tela sobre a mesa de jantar. Assim que encontrou a definição, leu em voz alta:

— "O termo ouvido absoluto se refere à capacidade de reconhecer imediatamente as notas musicais, bem como a habilidade de reproduzi-las, perfeita e imediatamente, por meio do canto ou assobio."

— Essa habilidade pode ser adquirida? — perguntou Jonas, enquanto punha os pratos na mesa.

— Sim, quer dizer, a sensibilidade musical pode realmente ser desenvolvida por meio de uma educação musical — disse Gabriella.

— Vamos comprar brinquedos musicais, então... — disse Jonas.

— Ótima ideia! — disse Gabriella.

— Tem batata frita no jantar? — indagou André.

— Posso fazer batatinha frita se você quiser — disse Jonas.

— Sim!! — disseram os dois meninos ao mesmo tempo.

Quando os meninos se sentaram à mesa, ainda cantarolando a canção do músico, Jonas perguntou a eles:

— Vocês dois decoraram essa canção?

— Decorar? — indagou André e acrescentou: — Acho que não...

— Como é que vocês conhecem essa melodia tão bem? Contem para mim! Estou tão feliz! Talvez vocês tenham uma memória musical maravilhosa, quem sabe? Ou talvez tenham o ouvido absoluto!

— Como assim? Ouvido absoluto? O que é isso?

— A habilidade de ouvir uma melodia apenas uma vez, gravá-la na memória e imediatamente ser capaz de cantarolar ou assobiar a canção.

— Uau! Legal! — disseram os dois.

André acrescentou:

— Mas não é isso que está acontecendo...

— Então, quem foi que ensinou essa canção para vocês? — insistiu Gabriella.

— As criaturas que dançam. Você não consegue ver, mamãe? Elas são tão divertidas!

CAPTURA

— Exclusivamente para você!

Thomas segurou o alaúde, ajeitou o corpo na cadeira e cumprimentou a seleta plateia que ocupava o salão. Trechos da estranha conversa que ele tivera com o dr. Alonso durante o jantar passavam por sua cabeça.

— Comprei esse alaúde de um colecionador exclusivo, na França, e imediatamente soube que acabaria encontrando um trovador real, contemporâneo, para tocá-lo, Thomas. O colecionador me disse que o instrumento foi usado pelo lendário Guiraut Riquier. Talvez seja só uma lenda, embora esse instrumento seja realmente antigo, mas a verdade é que acredito que esse alaúde tenha sido confeccionado um pouco mais tarde. De qualquer modo, eu encontrei uma partitura medieval, manuscrita e apócrifa e a trouxe para que você possa executá-la. Essa canção foi composta para expressar paz e felicidade. Você perceberá que a composição deriva de uma sequência em latim. Os acordes principais foram compostos de acordo com a harmonia cósmica.

Thomas abriu um sorriso para os presentes e disse apenas:

— Boa noite.

Em seguida, pegou delicadamente a partitura. Ele pensou que o título seria algo como "Paz e alegria", mas leu:

Captura

Thomas também imaginou que encontraria a letra da música, mas as partituras só continham anotações. Ele as leu rapidamente, temendo fazer um papelão, arrependido por não ter pedido o manuscrito antes, de modo que pudesse estudá-lo cuidadosamente antes da apresentação. Enquanto tentava ler a música, uma última fala do dr. Alonso veio à sua mente: "Beleza é apenas para poucos. Gente vulgar não é capaz de apreciá-la. A História é testemunho da impiedosa destruição da beleza através dos séculos. Guerras, cobiça, intolerância... eu não acredito em compartilhar. A arte deveria pertencer única e exclusivamente aos que realmente têm capacidade de apreciá-la. Sou um daqueles raros guardiões da beleza, assim como meus discípulos..."

Thomas respirou fundo. Cumprimentou o dr. Alonso com a cabeça, tomado por uma espécie de gratidão profunda. Ele sabia que estava prestes a vivenciar algo extraordinário.

O dr. Alonso devolveu o sorriso e instalou-se confortavelmente na poltrona, os olhos brilhando, colados em Thomas.

E então Thomas tocou o alaúde. Os dedos movendo-se rapidamente sobre as cordas, o músico fechou os olhos. As notas brotavam em sua mente; não era necessário ler as partituras. Um sorriso largo espalhou-se em seu rosto e a mesma sensação de alegria que ele sentia quando em companhia de seus seres dos sons secretos como que alargou sua alma. Antigas paisagens, campos, castelos, praças públicas, ele ouvia a música ecoando por tempos e lugares.

Dor. Súbita, cortante, a dor o despertou de seu devaneio musical. Thomas percebeu que as pontas de seus dedos sangravam, mesmo assim, ele não era mais capaz de controlá-los ou de simplesmente deixar de lado o instrumento. Thomas olhou ao redor, encarou a plateia, mas ninguém parecia reparar nas gotas de sangue que lenta e inexoravelmente mancharam o tecido de suas roupas.

Thomas queria sair do transe, desobedecer ao implacável comando do alaúde, mas não conseguia. Lágrimas escorriam de seus olhos e agora outra camada de dor parecia feri-lo ainda mais. Ele olhou para o próprio reflexo na vidraça da janela e viu os próprios olhos saltando para fora de seu rosto, seus longos cabelos ganhando vários fios grisalhos, rugas profundas fincando-se ao redor da boca. Teria ele caído numa armadilha mortal? E Thomas continuou tocando.

CAPTURA

Um grito. Não era um som humano, mas o lamento de um pássaro. Um ronco. Uma onça. De onde vinham esses sons? Thomas teve a sensação de receber o aviso de que corria perigo de vida. Ele sabia que precisava sair dali imediatamente. Thomas simplesmente interrompeu sua apresentação. Os olhos vermelhos, a boca branca, ele se levantou, deixou o alaúde sobre a cadeira e rapidamente caminhou na direção de seu quarto. O aplauso foi tão alto, assim como as ovações, os gritos dizendo BRAVO, que ele conseguia ouvir tudo mesmo com a porta fechada.

Mesmo assim, ninguém veio chamá-lo para um bis.

VIAGENS PROIBIDAS

— Tire os pés do rio...

Popygua puxou Marlui para fora das águas do rio. Abraçou sua neta carinhosamente e cantarolou uma melodia de cura. Ergueu os olhos para as estrelas e lágrimas escorreram. Popygua podia sentir sua dor, entrelaçada ao sofrimento de outra pessoa. Seria a alma do violeiro de sua visão?

À medida que voltava a si, Marlui sentiu-se muito envergonhada.

— Desculpe, vovô, sei que eu não deveria deixar que meu espírito viaje para tão longe. Mas é que eu tinha que ajudá-lo, tente compreender. E o rio permitiu que eu fosse até ele.

— Ah, minha filha, vocês, jovens, não têm o menor juízo. Se você quer mesmo proteger esse rapaz, precisa trazê-lo aqui, para mim. Veja, é preciso que ele queira a sua ajuda, senão você não vai conseguir dividir sua energia com ele. É por isso que nós, os mais velhos, proibimos jovens como vocês de fazer essas jornadas do espírito...

Marlui levantou-se, olhou para a lua, respirou fundo e disse:

— Eu nem sei se ele lembra meu nome. Para ele, sou só uma garota diferente que ficou assistindo a uma de suas apresentações. Não acho que ele saiba muito sobre nós, da floresta.

Ainda abraçando Marlui, Popygua lentamente regressou à estrada que levava a sua casa.

— Você tem certeza de que ele merece seu afeto?

Marlui riu, agora começando a sentir-se à vontade consigo mesma novamente.

— Não tem a ver só com o afeto, sabe? O mundo lá fora pode ser tão violento, vazio, implacável; mas a alma dele é pura beleza e bondade. O músico também é como um pajé, mesmo sem ter consciência disso, não quero que ele fique em perigo, morra ou que seu dom lhe seja tirado... Por favor, me ajude, vô.

— Ah, minha querida. Vocês, os jovens... Vocês querem fazer o que querem, não importam as consequências... Vamos tomar um pouco de chá, sua avó vai lhe preparar uma boa janta e você precisa dormir bem hoje à noite. Depois, podemos conversar mais sobre o rapaz.

A REUNIÃO

Ao cair da tarde, no centro da cidade, na praça. Vera olhou ao seu redor. Árvores frondosas lançavam sombras sutis sobre dois jogadores de xadrez, idosos. O aroma do algodão doce a fez lembrar da infância. De impulso, Vera comprou um saco de pipoca e se sentou no banco. Tudo parecia tão tranquilo e cotidiano. Enquanto comia a pipoca, saboreando o sal e o gosto do milho, diversas lembranças de infância instantaneamente cruzaram sua mente.

— Você está aí, Vera!

— Oi, tudo bem? — ela disse a Gabriella, que se sentou ao lado, no banco.

— Senti falta da música agora... — disse Gabriella.

Enquanto ouviam essa conversa, André e Manuel puseram de lado os brinquedos e começaram a assobiar.

— Essa é a canção do Thomas! — disse Vera. — Que surpresa! Eles conseguem reproduzir a canção direitinho! Uau! Seus meninos são muito talentosos!

Gabriella sorriu, orgulhosa, e disse:

— Obrigada! Mas eles nunca tinham feito uma coisa dessas antes! Quer dizer, geralmente eles ficavam cantarolando música de criança, nunca imaginei que seriam capazes de decorar uma melodia tão complexa!

— Mãe! — disse Manuel, abraçando Gabriella. — Já disse! A gente ouve as criaturas que ficam dançando, é por isso que a gente canta igual a elas!

Vera balançou a cabeça, espantada. Será que aquilo era só coisa de criança ou será que aqueles meninos realmente tinham visões de criaturas invisíveis? Ela soltou um longo suspiro. Uma onda de tristeza invadiu seu coração, uma saudade súbita de sua mãe. Ela tentava explicar o que eram seus amigos invisíveis, enquanto Vera, desde bem pequenina, não acreditava. Uma mãe menina, uma menina adulta...

Subitamente, Vera sentiu pena por não ter dado espaço para que sua mãe compartilhasse mais de seu conhecimento, não importa o quanto suas crenças lhe parecessem estranhas, sendo ela tão cética desde a mais tenra idade. "Mamãe na certa se sentia só, presa entre a descrença de papai e minha impaciência. Dois que não acreditavam em nada de extraordinário..."

Vera manteve-se em silêncio por alguns minutos, até alguém dizer:

— Posso saber de que cor são suas criaturas? — indagou Marlui às crianças, em seguida virando-se para cumprimentar Vera e Gabriella.

— Elas são verdes, é claro. As criaturas são iguais às folhas que dançam, mas trocam de formas. Você não consegue ver?

— Sim, claro! — disse Marlui, abraçando André.

— Bem que eu queria ser como você, Marlui, e dizer às crianças que minha imaginação permite ver seres invisíveis, mas, para mim, o que importa é a vida real. E devo dizer que não vim aqui só para encontrar com vocês ou bater um papo muito agradável. Estou aliviada por poder falar com vocês agora. Ando muito nervosa com a coisa toda...

Gabriella se aproximou de Vera e lhe indagou:

— Como assim? Que coisa toda é essa?

— Quisera eu ter boas notícias... — ela foi dizendo. — Eu gostaria de dizer para vocês que o Thomas estará logo de volta para tocar aqui, diante de nós, uma vez mais. Estou tão preocupada com ele que até inventei uma desculpa esfarrapada para telefonar, entrar em contato com ele. Até tentei ligar — ela acrescentou — e é claro que me senti muito desajeitada, mas tinha a desculpa de que gostaria de convidá-lo para tocar no festival de primavera da universidade.

— Mas essa desculpa é excelente! — disse Marlui. — E você realmente deveria convidá-lo.

— Eu tentei, mas ele não atendeu minha ligação...

Marlui comprou um saco de pipoca. Depois passou alguns minutos observando o balançar dos galhos das árvores até decidir contar às amigas o que de fato achava:

— Olha, sei que vocês são da cidade, mas preciso contar a vocês uma coisa que deve parecer meio fora do comum... bem, quando voltei para casa, ontem, no final da tarde, os espíritos do rio me chamaram. Sentei à margem das águas e fiquei olhando para o rio. Depois, deixei meu espírito iniciar uma viagem em busca do Thomas. Eu queria ficar perto dele, pois sentia que ele poderia estar correndo perigo. Desculpem se pareço meio louca para vocês, mas é assim que sentimos em nossa tradição. Quer dizer, eu tive uma visão e não era boa... tenho certeza de que Thomas está encrencado.

Vera abriu a bolsa, retirou de dentro dela diversos recortes de jornal e fotos.

— Bom, caras amigas — disse ela com um tom muito pragmático —, eu também tenho certeza de que o Thomas está na pior, embora não tenha visões como você, Marlui. Por favor, não me levem a mal, minha mãe também acreditava no sobrenatural...

Marlui sorriu e disse ironicamente:

— Essa é a questão, Vera! Nós também não acreditamos em coisas sobrenaturais. Quer dizer, visões são consideradas naturais em nossa tradição.

Vera retribuiu o sorriso de Marlui e acrescentou:

— Digamos que coisas incomuns podem estar acontecendo com Thomas. Por favor, olhem só essas matérias. Parece que meu colega, o dr. Alonso, já foi processado por recrutar jovens em suas festas esquisitas. Os pais desses jovens ficaram revoltados porque todos esses garotos, de algum modo, foram prejudicados psicologicamente durante esses tais rituais. Alguns deles até tiveram que passar por tratamento. Embora não haja consumo de substâncias, algo de muito sinistro e destrutivo ocorre nesses encontros...

Gabriella levantou-se do banco e perguntou a Vera:

— Você, por acaso, teria o telefone ou endereço de seu colega? Quer dizer, tenho certeza de que o Jonas pode conseguir o contato também, mas ele está dando aula agora.

— Tenho sim — disse Vera —, mas, aparentemente, a casa dele tem seguranças, guarda-costas, todo esse aparato... Se você acha que dá para ter livre acesso à casa, entrar lá e resgatar o Thomas, evitando que algo de estranho aconteça com ele, você está totalmente enganada, a operação não será nada fácil... Além disso, o dr. Alonso é advogado, ele poderia nos colocar numa posição bem difícil, acusando-nos de invasão de domicílio, coisas do tipo...

Marlui cerrou os braços abraçando o próprio corpo ao sentir bater um vento frio. As três permaneceram em silêncio, enquanto as crianças continuavam a cantarolar a canção que tinham ouvido no dia anterior...

— Que tal se ficássemos em contato? Vamos trocar números de celular. Quem sabe? De repente uma de nós até acaba tendo uma ótima ideia para lidar com isso tudo!

— Hoje à noite, vou conversar com o Jonas. Ele certamente vai nos ajudar. Ele vem se queixando desse tal de dr. Alonso já faz um tempo agora... — disse Gabriella.

Vera levantou-se do banco e despediu-se das novas amigas.

Antes de deixar a praça, ela parou por um segundo para dizer:

— Na verdade, Jonas e eu vamos tentar encontrar uma solução. Tivemos uma conversa na universidade, você está certa, Gabriella... seu marido parece desconfiar bastante daquele homem.

— Nós também! — disseram Marlui e Gabriella ao mesmo tempo.

AGORA

— Marlui, vamos caminhar na floresta — disse Popygua. Enquanto ambos lentamente se deslocavam na direção da clareira, a trilha que seguiam era iluminada pelo luar. Avô e neta estavam habituados a caminhadas noturnas na floresta e Popygua seguia cantando as canções secretas para apaziguar os espíritos noturnos. Marlui ainda não aprendera a linguagem primordial das melodias ancestrais que protegem os seres humanos quando precisam atravessar a floresta de noite, em segurança.

A árvore sagrada, bem no meio da clareira, era alta e frondosa, raízes largas a espalhar-se pelo solo. Popygua aproximou-se do tronco e o abraçou por alguns minutos. Em seguida, sentou-se sobre uma grande e confortável raiz, aguardando que Marlui também reverenciasse o espírito da árvore com seu abraço.

A garota tocou o tronco da árvore por alguns minutos e sentiu uma profunda gratidão por sua presença, ali, no coração da floresta. Assim que Marlui se acomodou ao lado do avô, ele fez um gesto indicando para que ela olhasse para o céu. Depois, ele abriu os braços como se quisesse receber a força do luar; uma vez mais, Marlui fez o mesmo que ele. Durante meia hora, ambos permaneceram silêncio.

Marlui acariciou as largas raízes sentindo profunda paz e acolhimento. Em seguida, apoiou a cabeça contra o grande tronco, sentindo suas pálpebras pesadas; e quando ela estava quase adormecendo, Popygua começou a lhe dizer:

— Não se sinta culpada pela partida dele, minha filha...

Lágrimas inundaram os olhos de Marlui. Ela sabia que Popygua se referia à perda de seu melhor amigo, Kaue. Marlui tentou evitar a lembrança do momento em que ele lhe sorriu antes de cair do alto da cachoeira. Ambos os jovens nadavam diariamente no rio, passando juntos as tardes, trocando confidências, sabendo que a amizade entre eles era verdadeira e amorosa. Porém, de algum modo, a vida de Kaue lhe fora tirada quando ele escorregou do alto da cachoeira e caiu sem controle, morrendo instantaneamente ao bater a cabeça.

— Olha só, vô, fui eu quem o chamou, foi por isso que ele se virou para responder e perdeu o equilíbrio...

Popygua segurou o rosto da neta com as mãos e aguardou pacientemente enquanto ela soluçava e derramava largas lágrimas.

— Kaue era nosso melhor nadador, minha neta. Quantas vezes você não o chamou antes do mergulho e nada disso aconteceu? Os dias dele estavam no fim, é só isso. Já era a hora de Kaue se deslocar para outros lugares... Quando vivemos nossos cotidianos, pensamos que habitamos um mundo apenas. Mas isso não é verdade. Caminhamos por vários mundos diferentes dia e noite sem perceber. Kaue está apenas do outro lado do rio, na terceira margem, onde habitam nossos ancestrais, ou talvez ele tenha preferido tornar-se uma bela estrela na constelação invisível além dos olhos da vida. Eu sei que ele ainda gosta muito de você e assim sempre será.

— Nunca vou me esquecer dele, nunca mais vou amar alguém como eu o amei... — disse Marlui, agora limpando o rosto com a barra da camiseta.

Popygua soltou uma gargalhada e disse apenas:

— Claro que não. Kaue é Kaue, e você é você. Quando você se apaixonar outra vez, será diferente, isso é certo, mas, ao mesmo tempo, será igual, porque a natureza verdadeira do amor nunca muda. Agora, me conte a verdade: você acha que a vida do jovem músico corre risco? Veja, minha neta, uma vez que vemos alguém partindo bem diante dos olhos, como aconteceu com você, aprendemos a sentir a atmosfera que cerca uma alma quando ela está para deixar essa vida. Foi isso o que você sentiu?

Marlui manteve-se em silêncio por alguns minutos, tentando encontrar a resposta para a pergunta do avô dentro de si. Finalmente, respondeu:

— Quando Kaue deixou esse mundo, fiquei com vontade de acompanhá-lo. O senhor se lembra de que perdi todo o interesse na vida... Mas, lentamente e com seu apoio e de nossos parentes, percebi que não era a minha hora, que eu podia gostar de estar viva novamente...

Popygua a abraçou, olhou para a copa da árvore e recitou uma antiga prece. Marlui seguiu com seu monólogo:

— De um jeito ou de outro, percebi que eu tinha morrido, quer dizer, eu jamais seria a mesma garota impulsiva, eu tinha mudado. Agora era uma outra Marlui. Alguém que conhecia a dor da perda nasceu no lugar da antiga menina.

Popygua estendeu um cobertor sobre os ombros da neta e pediu que ela continuasse a falar:

— Não sei se o músico está perto da morte física, pelo menos, não agora. Mas tive a sensação dolorosa de que a alma dele estava para deixar essa vida, de um jeito estranho. O senhor sempre me disse que um espírito doente precisa ser curado, senão o corpo dele ficará adoecido também. Tive a impressão de que o corpo e o espírito dele estavam para separar-se. E ele não vive conosco, quer dizer, eu me sinto tão privilegiada por ser sua neta. Queria que todos os jovens pudessem contar com sua sabedoria, meu avô.

Popygua fez silêncio por longos minutos, respirou fundo e disse:

— Quando o vi e o ouvi pela primeira vez, senti como se esse músico tivesse invocado o meu espírito. Posso lembrar dos sons da viola que ele tocava... Era o eco da voz da Terra, do canto dos pássaros, da cachoeira, a música dele era mesmo muito bonita.

— É verdade. Eu queria que ele viesse aqui. Que ficasse conosco um tempo...

— Os músicos e os pajés compartilham do mesmo caminho: passam as vidas viajando, falando além daquilo que as palavras podem dizer, resgatando a lembrança da antiga sabedoria, trazendo esperança para as pessoas... Isso, Marlui. Vamos tentar trazê-lo para perto de nós...

— Ah, obrigada! Quando podemos fazer isso?

— O passado não nos pertence, o futuro ainda não chegou, que tal agora mesmo?

DIÁRIO DE **Thomas**

Os músicos e os pajés compartilham do mesmo caminho: passam as vidas viajando, falando além daquilo que as palavras podem dizer, resgatando a lembrança da antiga sabedoria, trazendo esperança para as pessoas...

MANUSCRITOS

Por mais que Thomas tivesse insistido com o dr. Alonso, dizendo-lhe que queria estudar a partitura antes da apresentação musical naquela noite, ele não tinha recebido o manuscrito antes da hora.

— Dora, me dê um tempo hoje, por favor — disse Thomas à jovem depois do almoço. — Estou tão cansado, preciso de um pouco de repouso.

Assim que entrou no quarto, ele fechou a porta e estava quase se deitando na cama quando alguém bateu. Thomas imaginou que pudesse ser o dr. Alonso com a partitura, mas, no lugar dele, encontrou a governanta. Ela lhe entregou um antigo livro sobre trovadores e disse:

— O dr. Alonso disse que o senhor precisava ler esse livro.

Thomas aceitou o livro e decidiu sentar-se na poltrona para ler, no lugar de tirar uma soneca. Ele já sabia que não seria capaz de relaxar antes da apresentação. Ao sentar-se, um desejo profundo de estar perto de árvores o dominou. Por que as árvores agora? Claro que Thomas sempre se sentiu bem quando próximo à natureza, mas não é que ele fosse um abraçador de árvores. Na verdade, ele sempre tivera mais interesse no canto dos pássaros do que propriamente nas árvores ou plantas. Ele empurrou a cadeira para perto da janela e olhou para os longos eucaliptos que pareciam balançar tão lindamente, como se estivessem dançando ao som de uma melodia própria. Depois, a bela capa do livro, contendo a ilustração de um trovador medieval, atraiu seu olhar. Sentindo-se confortável na poltrona de veludo macio, Thomas lentamente conseguiu concentrar-se; abrindo uma página ao acaso, ele leu:

> *As partituras que pertenciam aos trovadores eram manuscritos cercados de segredos. Suas origens são incertas. Ninguém realmente conseguiu determinar como eram coletadas as canções. Quem fazia a recolha? Quem eram os autores?*
>
> *Jauffre Rudel foi um príncipe e trovador do século XII. Pouco se sabe sobre sua vida, exceto de que viajava bastante. É provável que tenha falecido durante a Segunda Cruzada. Sua obra se destaca pelas belíssimas canções sobre amor à distância, tendo sido um dos primeiros a abordar o tema.*
>
> *Apenas sete poemas de Rudel foram inteiramente preservados, quatro deles com a música.*

Thomas fechou o livro e passou alguns minutos pensando sobre a origem de sua própria música. Conforme crescia, decidiu que nunca diria a ninguém o fato de que se sentia constante e secretamente cercado por seres cantantes.

Quando menino, as pessoas lhe diziam que os seres eram apenas frutos de sua imaginação. Ao crescer, Thomas percebeu que as pessoas caçoavam dele caso lhes contasse de sua relação secreta com esses seres, ou então, ele seria visto como alguém com algum transtorno mental.

"A solidão... será que ela será sempre um fardo para mim?", Thomas perguntou-se. Por que é que ele se sentia só se vivia cercado por todas essas belas criaturas cantantes? Afinal, como definir o que é autoria? Thomas geralmente ouvia as melodiosas criaturas e, na sequência, tentava captar-lhes os sons para transformá-los em canções. Esse processo exigia muito esforço dele: pesquisas, estudo, horas e horas de treino de modo a transformar-se num músico habilidoso o suficiente para conseguir traduzir toda a alegria que aquelas melodias poderiam trazer à sua vida. Havia a questão da escolha da canção certa, para depois alcançar a melhor maneira de executá-la, bem como a atmosfera mais adequada para compartilhá-la com a plateia.

Sozinho... agora parecia restar apenas um vazio sinistro, ele sentia tantas saudades da companhia musical de seus amigos sonoros que ficava à beira do desespero. Por que os seres o abandonaram? Não só isso, mas por que também ele se sentia tão desvitalizado agora? Thomas já tinha vivenciado diversos estados de exaustão ao longo dos anos: o cansaço físico depois de tocar por horas a fio, a fadiga após noites em claro ou ao término de longas caminhadas embaladas pelas vozes dos seres sonoros, apenas para, finalmente, voltar para casa e perceber, dolorosamente, que só lhe restava energia para jogar-se na casa e dormir um pouco. Sim, na mansão da família do dr. Alonso, ele dormia profundamente, alimentava-se fartamente, sem fazer nenhum esforço físico; então por que se sentia tão fraco?

Thomas foi invadido por uma sensação inexplicável, como se lhe tivessem tirado uma energia interna, sagrada, com a qual ele sempre se revitalizava.

Ele mal conseguia concentrar-se no livro, não sentia sono, nem fome, sua vontade era sair daquela casa, mas era como se um desejo esquisito, insuportável, o obrigasse a ficar. Seria o encantamento do alaúde? O magnetismo de Dora? Será que ele estava se apaixonando por ela? Thomas fez que não com a cabeça. Não, o afeto entre eles não era profundo. Pertenciam a mundos muito diferentes e Thomas não se sentia sensibilizado pelos problemas de Dora. Era como se sempre houvesse uma desconfiança subjacente, como se a jovem estivesse se queixando de alguma falsa tragédia, problemas que, ao menos, para ele, não se apresentavam como um fardo real.

Já o pai dela era um homem excepcional. Ele se portava como alguém que tentava realizar um antigo sonho: ouvir um verdadeiro trovador tocar um autêntico alaúde usando uma partitura rara.

Mas Thomas tinha a assustadora sensação de que tudo aquilo era só uma encenação. Talvez o dr. Alonso fosse uma pessoa muito mais perigosa e sinistra do que indicavam seus modos sofisticados. Seria ele uma espécie de feiticeiro?

Thomas se sentiu terrivelmente perturbado pela ideia de ter sido atraído para a casa de um tipo de aristocrata maligno. Em seguida, ouviu um assobio. O som apresentava uma qualidade musical semelhante às vozes de seus seres sonoros. Ele se levantou da cadeira e assobiou de volta. Uma súbita alegria espalhou-se fortemente em sua alma. A música ainda o cercava. Thomas percebeu, pela primeira vez, que podia ouvir além dos ouvidos, cantar além dos sons.

Aproximou-se da janela, pois era certo que o assobio vinha do lado externo. Foi então que ele o viu: os cabelos longos, lisos e brancos, os olhos enormes, escuros a encará-lo, o sorriso acolhedor. O homem começou a cantar num idioma que Thomas nunca tinha ouvido antes, no entanto, ele sentia como se a voz daquele homem guardasse os tons das árvores, dos rios, dos céus. Quem seria esse homem? Uma espécie de ilusão? Será que ele existia mesmo?

A TEIA

— Olá, Marlui! Que bom te encontrar aqui! — disse Vera.

Marlui acomodou o laptop no colo, depois de sentar-se sobre a raiz de uma enorme mangueira. Em sua comunidade, todos sabiam que aquele era o local com o melhor sinal de internet. A lâmpada acesa e pendurada no poste perto da árvore iluminava o local, assim como a tela luminosa do computador. Assim que Marlui viu o rosto de Vera na tela e ouviu sua fala, ela sorriu e a cumprimentou.

— Oi, Vera! Você pensou que não tínhamos internet aqui, na floresta?

— Bem, confesso ter pensado que vocês eram contra a tecnologia — disse Vera.

— Claro que não. Na verdade, a comunicação via internet tem realmente nos ajudado na luta por nossos direitos e na proteção do meio ambiente.

Vera aproximou o rosto da tela do computador sobre a escrivaninha de seu escritório em casa e não percebeu o sarcasmo na própria voz ao dizer:

— Quer dizer que, na verdade, vocês aceitam que a vida moderna tem lá suas vantagens, certo?

Marlui descascava uma banana ao responder calmamente:

— Ah, sim. Nós sempre demos muito valor a todos os tipos de comunicação. Mas gente como você, que nasceu e cresceu na cidade, também acaba gostando de coisas que são nossas, não é mesmo?

— Como assim? — indagou Vera, com uma voz desconfiada.

— Olá, meninas! — foi dizendo Gabriella, ao entrar na conversa virtual.

Gabriella tinha colocado o laptop sobre a mesa da cozinha. Jonas e os meninos estavam vendo TV depois do jantar. Dentro de meia hora, o pai os levaria para cama. Portanto, ela teria a noite inteira para conversar calmamente com suas duas novas amigas.

— Vocês estão falando do quê? Desculpe entrar atrasada...

— Eu estava perguntando a Vera se ela percebia o quanto vocês, gente da cidade, já aprenderam conosco, o povo da floresta, as nações originárias... — disse Marlui.

— Diga, fiquei curiosa agora... — sugeriu Gabriella.

Marlui descascou a segunda banana e a dividiu com o pequeno macaco prego que se empoleirou em seu ombro antes de dizer:

— Para começar, vocês tomaram banho hoje?

— Que pergunta mais esquisita — disse Vera. — Claro que sim. No verão chego a tomar três duchas por dia...

— Então, quando os europeus chegaram ao Brasil, detestavam tomar banho. Viviam com medo de pegar um resfriado e morrer. Lentamente, foram percebendo que o rio era um bom amigo e que o hábito de manter o corpo limpo era melhor para a saúde. Meu avô gosta de dizer que Deus nos deu as florestas, as ervas de cura, os rios, os animais, assim como fez com toda a humanidade. Nós, aqui, vivemos na paz e sabedoria e, hoje em dia, somos os únicos a amá-los e protegê-los. Já se passaram centenas de anos e nossa interação com a natureza, que parecia tão primitiva aos primeiros europeus a chegar no Brasil, na verdade é ecológica e atual. Eu já cansei de ouvir gente nos chamando de "aquela gente primitiva do terceiro mundo". Nós não acreditamos num mundo dividido em três. Todos poderiam compartilhar de nossos conhecimentos. Agora, na cidade, as pessoas só valorizam as novidades. Mas nós não somos novidade, não é mesmo? Vivemos nas florestas há muitos séculos e certamente sabemos muito sobre a preservação do meio ambiente...

— É verdade, você tem um argumento muito forte aí, não é mesmo, Marlui? — disse Vera.

— E vou falar mais... — disse a jovem numa voz firme, áspera. — Vocês não adoram comer bananas, como estou fazendo agora? Vocês não adoram tirar um tempo só para contemplar a natureza, ou tomar sol na praia, ou ficar parada, descansando à beira do rio? Esses hábitos são todos nossos. Será que você não percebe? Você já parou para pensar em todas as frutas e ervas terapêuticas que sempre foram parte de nosso cotidiano? Nossa cultura é muito rica, muito saudável, mas nossos conhecimentos foram transmitidos oralmente de geração a geração, enquanto vocês só valorizam a palavra escrita. É por isso que, entre outras razões, vocês não conseguem identificar ou definir o nosso conhecimento e reconhecer a profundidade de nossa cultura.

Vera sorriu e disse:

— Querida Marlui, você é ótima quando começa a advogar a causa de seu povo. É por isso que você quer se formar em direito? Para lutar por seus direitos? Você sempre será bem-vinda às minhas aulas! Quero que você saiba disso! Sua causa é realmente forte e sua fala é bem estruturada, eu tenho que admitir isso.

Marlui soltou uma gargalhada alta. Ela ficou feliz com o fato de Vera ter aceitado os argumentos. Um filhote de macaco e sua mãe desceram dos galhos. Marlui deixou que o pequenino se aproximasse da tela.

Gabriella rapidamente fazia anotações em seu diário, ao lado do laptop. As ideias lhe vinham enquanto ela testemunhava aquela conversa. Quando seus meninos entraram para lhe dar um beijo de boa-noite, repararam nos rostos de Vera, Marlui, mas principalmente naquele filhotinho fofo.

— Que legal! Oi, Marlui! — disseram juntos.

— Meninos! Vocês precisam tirar um dia para nos visitar! — ela lhes disse.

— Com certeza faremos isso! — disse Jonas, aproximando-se da tela do computador para também cumprimentar Marlui, Vera e depois sair da cozinha dizendo aos meninos que já estava na hora de dormir.

— Esperem por mim, tenho novidades para vocês! — disse ele às três amigas.

Cinco minutos mais tarde, ele veio participar do encontro online:

— Vou resumir: todos nós fomos testemunhas do momento exato em que Thomas foi recrutado pelo dr. Alonso. Será que alguém aqui poderia me explicar por que ele foi convencido tão rapidamente?

Gabriella foi a primeira a responder:

— Eu ouvi quando o dr. Alonso sugeriu que o Thomas deveria visitá-lo para tocar um alaúde medieval, um instrumento muito raro que ele tem em casa. Parecia que ele era uma espécie de colecionador de instrumentos musicais de grande valor histórico.

Jonas fez silêncio por alguns minutos, como se precisasse de um tempo para pensar. Em seguida, disse:

— É isso, acho que ele usa sua coleção particular como isca, como atrativo, assim como sua bela filha Dora...

A lua cheia chamou pelos olhos de Marlui. Ela estava com vontade de fechar o computador, caminhar na floresta em direção à clareira, para rezar por Thomas. Marlui forçou-se a ficar um pouco mais na conversa, sabendo que necessitava de mais informações sobre aquele entorno. Enquanto a noite jogava seu manto, escurecendo as árvores, a sensação de perigo parecia pairar, e Marlui não queria apoiar-se somente em sua intuição, por mais forte que fosse.

— Jonas, você acha que o Thomas pode estar se colocando em risco? — Marlui perguntou à queima-roupa.

— Infelizmente, estou mesmo com essa impressão. Quer dizer, esse nosso novo amigo, tão talentoso, pode ser realmente a próxima presa do dr. Alonso. Como é que vamos lidar com isso?

Vera pediu para sair da conversa por um minuto e voltou à tela trazendo um velho livro, cujo título da capa, gravado com letras douradas dizia: "Mistérios órficos e outras antigas tradições musicais".

— Bem, gente, esse livro era de minha amada e já falecida mãe. É uma edição muito rara. Acho que o livro será a nossa isca... Será que o dr. Alonso vai mordê-la?

Gabriella fez um sorriso largo e acrescentou:

— Pessoal, isso aqui está ficando mais emocionante do que qualquer história de detetive que eu tenha visto... e se nós acabarmos com a paz dele usando o livro como desculpa?

— Agora já é tarde demais. São dez e meia da noite, se ele estiver dando uma festa, ou algo assim, já terá começado... Eu realmente torço para que esse jovem, o Thomas, consiga sobreviver aos métodos malignos do dr. Alonso. Adoraria ouvi-lo tocar novamente... — disse Jonas.

Marlui guardou silêncio por alguns minutos, tentando decidir se devia ou não compartilhar um segredo com os novos amigos. Depois, optou por arriscar e confiar neles, mesmo que tudo lhes soasse muito estranho:

— Meu avô disse exatamente a mesma coisa, Jonas. Ele realmente quer ouvir a música de Thomas!

Vera indagou:

— Será que estou deixando algo escapar aqui? O que você está tentando nos dizer, Marlui?

— Não sei se vocês podem compreender... Só posso dizer que Popygua, meu avô, tem seus próprios métodos. Hoje, logo depois do almoço, ele me levou para o coração da floresta. Ficamos sentados na clareira por umas duas horas, ouvindo as árvores e pássaros. É claro que falei a ele sobre o Thomas. Depois, meu avô pediu que eu o deixasse sozinho. Ele ainda não voltou para casa. Deve estar no mesmo lugar, sentado na clareira sagrada. Eu só posso lhe contar isso... e agora preciso me juntar ao meu avô.

SEDA BRANCA

Alguém bateu na porta. Thomas ficou de costas para a janela ao abri-la. Era a governanta outra vez.

— Posso entrar? — ela perguntou.

Quando ela adentrou seu quarto, Thomas rapidamente olhou para fora da janela para verificar se o velho homem ainda estava lá fora, sorrindo para ele. Qual não foi seu alívio ao vê-lo de novo a balançar seu corpo forte e flexível, a dançar de seu jeito tão estranho. O homem lhe acenou ao longe; os mesmos cabelos longos e brancos, os olhos tão penetrantes que Thomas tinha a impressão de ser atravessado por eles.

— Quem é aquele homem? — Thomas perguntou à mulher. — Ele me parece tão impressionante! Ele vive na floresta? Vocês têm uma bela área verde preservada aí fora!

A governanta, que trazia um pacote em mãos, caminhou até a janela e olhou para fora. Depois, um pouco assustada, perguntou a Thomas:

— Desculpe, senhor. Não vejo ninguém lá fora. Do que o senhor está falando?

Thomas pensou em lhe dizer que sim, ele via um velho homem lá fora, de pé, acenando e sorrindo para ele, perto do bosque de eucalipto, no fundo do jardim. Depois, percebeu que a governanta realmente não conseguia vê-lo.

— Ah, foi bobagem minha — disse ele. — Desculpe se lhe passei a impressão errada!

Ela lhe entregou o pacote e fez que sim com a cabeça:

— Aquelas árvores tão altas, no fundo do jardim. Às vezes elas lançam suas sombras até bem longe...

Thomas imediatamente percebeu que o homem que ela não via era semelhante aos seus sons que ninguém mais ouvia; quer dizer, ele pertencia à ordem de coisas que ele não conseguia compartilhar com terceiros.

"Será que enlouqueci de vez?", ele pensou, e suas mãos tremeram.

— Você está com frio? — a moça lhe perguntou agora observando o tremor das mãos dele. — Fica bem friozinho aqui, quando anoitece, inclusive o dr. Alonso me pediu que trouxesse isso aqui para o senhor...

Thomas lhe agradeceu e aguardou até que a jovem saísse do quarto para abrir a caixa embrulhada em papel de seda. Ele abriu a tampa e encontrou um fino casaco de seda branca. Um colarinho dourado emprestava um toque de estranheza ao traje.

— Hoje a festa será à fantasia? — Thomas disse em voz alta. — Não acredito! Festa estranha com gente esquisita! Preciso dar o fora daqui!

Thomas devolveu o casaco de seda à caixa, pegou sua maleta, seu violão e o celular para chamar um táxi, mas, nisso, alguém mais bateu à porta e o interrompeu. Irritado, Thomas começou a murmurar algumas frases. Ele só queria dizer que ia embora, mas, quando a porta se abriu, lá estava Dora. Thomas ficou parado, mudo: ela usava um vestido de seda branca, longo, com um decote profundo, um colar de ouro puro cobria-lhe o peito, o cabelo estava loiro, liso, curto e brilhante, a boca bonita lançava um sorriso provocante, tentador.

— O jantar está servido, Thomas.

Fascinado, ou talvez dominado por sua beleza clássica, perfeita, Thomas lentamente deixou o celular sobre a mesinha de cabeceira, abriu novamente a caixa, vestiu aquele estranho casaco de seda branca, esvoaçante e, silenciosamente, a seguiu pelo longo corredor que dava para a sala de jantar.

CANÇÃO DE NINAR PARA EMBALAR PESADELOS

Gabriella sentou-se na beira da cama. Talvez fosse melhor descer até o estúdio para escrever um pouco. Tantas eram as dúvidas, somadas a pensamentos perturbadores, além de medos profundos que seria impossível desfrutar de uma boa noite de sono. A escrita sempre a apaziguava, mesmo que não conseguisse criar bons enredos ou cenas. Ela olhou para Jonas, dormindo tranquilamente ao seu lado. Talvez ela passasse em silêncio pelo quarto das crianças, apenas para espiar amorosamente aqueles rostos adormecidos, lindos e em paz.

— Mãe!

Manuel abriu a porta tão rapidamente que Gabriella nem sequer teve tempo de ajoelhar e acolher o filho num abraço. Seria um pesadelo?

— Olha! — disse o garoto numa voz estridente, apontando para o quarto onde estava o irmão.

Gabriella estremeceu quando viu André sentado no carpete, de olhos fechados, os braços envolvendo o próprio corpo, a cantarolar uma estranha melodia. Não era mais a canção de Thomas, mas outra música. Na verdade, o som era tão esquisito que ela não conseguia defini-lo. Uma canção de ninar para embalar pesadelos.

Manuel apertou a mão de Gabriella com força sussurrando rapidamente:

— O André saiu da cama e ficou sentado desse jeito, cantando essa musiquinha feia. Eu fiquei tentando acordar o meu irmão, acho que está tendo um pesadelo, mas ele não me ouve...

— Não é para acordá-lo!

Gabriella sentiu-se profundamente aliviada ao ouvir a voz de Jonas. O pai se sentou no tapete, ao lado do filho, e fez um gesto indicando a Manuel e Gabriella que se sentassem também. Em seguida, ele lhes disse em voz baixa:

— Pode ser um ataque de sonambulismo. Não encostem nele. Vamos só ficar aqui sentados ao lado dele, esperando mais um pouco.

BEM-VINDOS AOS ÓRFICOS

Thomas reparou que as lâmpadas ao longo do corredor sinuoso tinham sido substituídas por antigas e imensas tochas de bronze. A atmosfera atemporal, fantasmagórica, era intensificada pela impressão que as chamas inspiraram e exalavam.

Lentamente, ele virou a cabeça para trás e viu que as janelas estavam abertas. "Deve ser por isso que as chamas se movimentam como se estivessem falando comigo", Thomas pensou. "É só a brisa da noite... Essa é uma casa real, não há nada de sobrenatural acontecendo aqui", ele garantiu a si mesmo.

Dora também se deteve e, ao virar para trás, lançou-lhe um sorriso. Ela esboçou um gesto sedutor, convidando Thomas a segui-la, mas, tomado por um impulso, ele correu a olhar através da janela aberta. Será que veria o velho senhor das árvores novamente?

Ao fitar o céu estrelado, Thomas sentiu profundas saudades de suas criaturas do som. Era como se uma parte dele tivesse sido arrancada fora. Thomas só sentira uma dor de tal intensidade uma vez antes, e sua alma sofreu ao revisitar as memórias contundentes da súbita perda dos pais. O acidente de carro. Thomas, na época, apenas um garoto de dez anos, sendo resgatado pelo policial. Os longos dias de hospitalização. A informação posterior de que havia herdado a casa da família e de que seus pais haviam lhe deixado uma herança grande o suficiente para sustentá-lo por mais de uma vida. Os meses passados na casa de amigos de seus pais. Sua relutância em regressar ao lar e ter que lidar com a solidão de uma casa vazia. Mesmo assim, ele finalmente reuniu forças para regressar à casa onde, para sua enorme surpresa, um reencontro inesperado o aguardava. Os secretos seres do som. Eles estavam todos em seu quarto, aguardando por seu retorno. Assim que a reconexão com a música aconteceu, Thomas sentiu-se capaz de tocar, cantar e, principalmente, escutar e sentir-se profundamente feliz diante da beleza da vida.

— Olha só, Thomas!

Dora o pegou pela mão e o conduziu até a sala de jantar. Longas velas perfumadas espalhadas sobre os sofisticados e clássicos móveis de madeira, agora somadas às tochas penduradas nas paredes imprimiam uma atmosfera tão mágica que Thomas foi incapaz de resistir.

Trajando um manto preto com gola dourada, o dr. Alonso cruzou a sala para cumprimentá-lo.

— Bem-vindo à nossa família, Thomas! Olhe ao seu redor! Somos os órficos.

Várias pessoas trajando túnica de seda branca dançavam delicadamente ao som de uma harpa magistralmente tocada por uma jovem belíssima. Alguns dos dançarinos paravam para cumprimentar Thomas.

Pratos deliciosos foram dispostos sobre a longa mesa repleta de uvas, castanhas, maçãs e garrafas de vinho tinto. O desejo profundo de pertencer a uma família assolou o coração de Thomas e ele disse apenas:

— Obrigado, senhor!

ENTOANDO UMA PRECE SOB AS ESTRELAS

Marlui conhecia muito bem os caminhos que conduziam à clareira no coração da floresta. Ela correu pelas árvores que aprendera a amar desde que era bem pequenina, orientada pelo canto da coruja e latidos dos cachorros que a acompanhavam.

Lá estava ele. Popygua. Marlui suspirou aliviada ao encontrar o avô parado de pé, a viola nas mãos, cantando sob as estrelas. Ela o cumprimentou, mas o avô não fez o mesmo, sequer percebeu sua presença. Marlui sabia que ele estava em transe. Ela não seria capaz de acompanhá-lo, agora que a cantoria já tinha se iniciado.

Teve a esperança de que o canto de Popygua fosse pelo bem de Thomas. Tentou captar o significado das palavras, mas não conseguiu. Pela primeira vez, Marlui arrependeu-se muito de jamais ter se dedicado a aprender as antigas e secretas canções de cura.

"Nunca é tarde demais", pensou.

Marlui deitou-se sobre as folhas caídas na clareira, a face voltada para o céu. Reparou nos pássaros cruzando os ares, ouviu as raposas correndo por perto, viu morcegos imensos silenciosamente se deslocando através dos galhos das árvores. Ouviu a prece lírica de seu avô atentamente. Devagar as palavras começaram a fazer sentido.

DIÁRIO DE **Thomas**

ORPHEUS

— William Shakespeare (from Henry VIII)

Orpheus with his lute made trees,
And the mountain tops that freeze,
Bow themselves when he did sing:
To his music plants and flowers
Ever sprung; as sun and showers
There had made a lasting spring.
Everything that heard him play,
Even the billows of the sea,
Hung their heads, and then lay by.
In sweet music is such art,
Killing care and grief of heart
Fall asleep, or hearing, die.

DIÁRIO DE **Thomas**

ORFEU
— William Shakespeare (da peça Henrique VIII)

Fez Orfeu da árvore um alaúde
E até os cumes calvos ele alude
Que se curvam quando ele berra:
Àquela música até fauna e flora
S'espantam; e até o sol só urra
E soluça. Vira chuva a primavera.

O que for que ouvir aquele canto
— até aquilo que oscila no oceano —
Se enforca, faz silêncio, fica piano.
É doce o som desta arte estranha
Ela assassina a cor do coração
Que cai no sono, morto. Só ouço!

UM BRINDE A ORFEU

Convidado a ocupar o seu lugar na longa mesa de madeira, Thomas sentou-se para jantar. Os versos do poema de Shakespeare, interpretados pela adorável jovem harpista, pareciam intensificar a beleza que o cercava. Assim que ela terminou de recitar o último verso, todos a aplaudiram, Thomas sendo o mais entusiasmado entre os presentes.

— Um brinde a Orfeu! — propôs o dr. Alonso, erguendo sua taça de cristal.

Thomas estendeu o guardanapo de linho, com bordados delicados, sobre o colo e se pôs a falar. Ele desejava agradecer ao dr. Alonso por esse jantar memorável, além de demonstrar sua curiosidade sobre a sociedade órfica e seus membros. Assim que ele começou a expressar-se, o dr. Alonso o encarou.

Inicialmente, Thomas pensou que as feições do colecionador haviam mudado devido a alguma ilusão ótica. A luminosidade das tochas e velas pareciam emprestar novos contornos aos seus traços clássicos. A boca desenhou uma expressão sardônica no lugar do habitual sorriso largo e confiante de sempre. Alonso lentamente retirou os óculos e os colocou, com cuidado, sobre a mesa, e, então, Thomas reparou que as pupilas dele estavam tão dilatadas que se assemelhavam a duas poças de águas turvas. O frio invadiu seus sentidos e Thomas não conseguia mais falar ou mover-se, como que paralisado por um medo primitivo. A frase dita pelo dr. Alonso só fez crescer e aprofundar seu pânico.

— Prazer em conhecê-lo, meu jovem amigo...

— Dr. Alonso, sinto muito, mas não estou entendendo, já faz dois dias agora que estou hospedado em sua casa, quer dizer que este é nosso terceiro jantar juntos.

A voz de Thomas tremia, mesmo que ele falasse lentamente, como se tivesse que expulsar as palavras da boca.

— É verdade, meu caro, nós já nos encontramos antes, bem antes dessa noite — ele insistiu.

Thomas permaneceu em silêncio, sem saber bem o que dizer. Será que seu anfitrião estava embriagado? Assim que esse pensamento cruzou-lhe a mente, Thomas afastou de si a taça de vinho. Ele precisava manter-se atento, pois sentia um perigo indefinível à espreita. Versos de seu poema predileto, "El Desdichado", percorriam seus pensamentos, embora ele não os pronunciasse em voz alta. Mas não o poema original, de Nerval, mas o seu próprio poema, os versos ressignificados: "eu sou o Trevão — o gravoso — o sem consolo/ O duque d'Aquitania que até a Tertúlia abolia/ Minha estrela solitária morreu inconstelada..."

Voltando ao momento presente, Thomas insistiu:

— Sim, senhor, nós nos conhecemos na praça, não se recorda?

— Ah, meu caro... os filhos de Orfeu... tão ingênuos quanto o próprio pai...

Sem saber o que dizer, Thomas apenas o fitou.

— É como se diz, a gente deve manter os amigos por perto e os inimigos mais perto ainda... Esta é a verdadeira razão pela qual inventei essa sociedade órfica.

Thomas inclinou-se por sobre a mesa e observou as pessoas ao seu redor, tentando quebrar o poder do olhar dominador do dr. Alonso.

— Devo dizer que gostou demais de meu anfitrião, o dr. Alonso...

Disfarçando os sucessivos e rápidos arrepios na espinha, Thomas disse apenas:

— Como assim? Por que o senhor disse a palavra anfitrião?

— Sim, meu caro jovem, o dr. Alonso já hospeda minhas visitas faz muitos anos agora. Ele se tornou um de meus melhores amigos...

— Quem é você?

Assim que Thomas fez a pergunta, arrependeu-se. Será que estava falando com um lunático? Uma mente perturbada, portadora de múltiplas personalidades?

Por mais que quisesse levantar-se da mesa e sair daquela casa, Thomas não pôde resistir ao desejo de ouvir a resposta:

— Sou Hades, o senhor do mundo oculto, o soberano da Morte, e, como eu disse, nós já nos encontramos bem antes da data de hoje... Você era então um garotinho tão adorável e prometi a mim mesmo que o resgataria muito rapidamente da dor de viver. No entanto, meus inimigos se apossaram de você antes de mim...

Assolado, assombrado, Thomas queria saber mais, no entanto, só fez concordar com a cabeça antes de lhe perguntar:

— Inimigos?

— Ah, sim, meu jovem — ele seguiu dizendo —, eles são numerosos. Hermes, o deus viajante, sendo um dos piores, com sua capacidade de resgatar almas aprisionadas em meu reinado por meio do poder de suas palavras encantadas. Mas não foi isso que aconteceu a você... seu belo rosto atraiu a atenção de minha adversária mais ardilosa: Mnemosine, a musa da memória. Jamais fui capaz de vencer o poder da memória e trazer de volta à vida almas que eu já havia capturado e aprisionado em meu mundo... E ainda tive que vencer Orfeu e sua música. Seu talento despertava nas pessoas um intenso amor à vida! Além disso, Orfeu, ao tocar sua lira, era capaz de controlar todas as minhas criaturas monstruosas, os guardiões do inferno. Eu precisava derrotá-lo e foi o que fiz. Arquitetei um plano. Eu o obriguei a fazer um pacto impossível de cumprir. Eu sabia que ele não confiava em mim, tinha certeza de que Orfeu olharia por sobre os ombros para certificar-se de que sua amada Eurídice o seguia na trilha de saída de meus domínios.

"Assim, eu a aprisionei comigo por toda a eternidade e Orfeu perdeu sua razão de viver. Tomou para si a culpa pelo aprisionamento de Eurídice e se tornou apenas uma sombra morta, até finalmente deixar o mundo dos vivos. É claro que Zeus descobriu minha artimanha e não permitiu que eu prendesse Orfeu em meu mundo, por isso o transformou numa constelação.

"Para resumir, eu deveria tê-lo levado comigo juntamente com seus pais. Você não se lembra de nosso encontro? Daquela noite? Do acidente? De mim? Você era tão pequenino, mas já era capaz de sentir minha presença, tanto que até me cumprimentou... Você estava chorando, então eu lhe prometi que voltaria para levá-lo comigo quando chegasse sua hora."

— O senhor está dizendo que agora vai me matar? — Thomas perguntou à queima-roupa.

— Se eu o levasse comigo agora, meu querido anfitrião, o dr. Alonso, correria o risco de ser acusado de assassinato. Além disso, existem coisas bem piores do que uma boa morte...

Hades levantou-se assim que terminou essa frase e Thomas se sentiu como se tivesse sido encapsulado por uma gélida dobra de tempo. Thomas não conseguia sair daquela mesa, quanto menos da casa. Então indagou:

— O que poderia ser pior do que a morte?

— Ah, meu jovem, isso é tão óbvio, você não vê? Trair a si mesmo. Orfeu não confiava totalmente na força do amor de Eurídice, então, eu consegui insuflar a desconfiança no coração dele, como venho fazendo com todas as pessoas para que não ouçam e não realizem seus desejos mais verdadeiros. As pessoas vão seguindo a manada, começam a fazer escolhas movidas por medo ou pelo desejo de agradar ou cumprir os sonhos que outros lhes atribuíram. Deixam-se aprisionar por desejos alheios. Não conseguem tolerar as menores frustrações. Detestam ter que lutar por aquilo que, no fundo, querem. Agora, um desejo verdadeiro é como um farol no caminho da pessoa. Acontece que, muitas vezes, os desejos sinceros desafiam o senso comum e desobedecem às convenções. A negação de um sonho pessoal, íntimo, é o caminho mais rápido para uma vida vazia. Gente oca vende a alma tão facilmente, meu jovem...

"Não estou dizendo que você seja totalmente oco, mas você tampouco busca a realização de seus desejos. Isso porque você não sabe direito o que realmente quer. Você opta por aquilo que lhe parece mais apropriado, convencional e fácil num determinado momento. Então não será muito difícil levar sua alma comigo, mas deixarei o seu corpo com vida. Você jamais voltará a ser o mesmo, você nunca será capaz de honrar meu rival, Orfeu, com seus extraordinários talentos musicais... Você não conseguirá mais amar, criar e, principalmente, insuflar nas pessoas o desejo inabalável de existir..."

— Eu serei um morto-vivo? Isso é tão cruel...

Thomas olhou ao seu redor e nesse momento. Só conseguiu enxergar a mesa longa, de madeira escura e o olhar penetrante de Hades. Cenas do acidente fatal que vitimou sua família percorriam-lhe a mente. Um profundo desejo de morrer contaminou sua alma, e ele sentiu, uma vez mais, o antigo desejo de estar ao lado de seus pais uma vez mais...

MELANCÓLICA MELODIA

Gabriella abraçou seu filho tentando compreender a natureza daquele cantarolar tão sinistro. O rosto molhado de lágrimas, o menino permanecia sentado de pernas cruzadas sobre o tapete. A mobília colorida, o carpete felpudo, os brinquedos nas prateleiras, mesmo que o quarto dos meninos continuasse aconchegante e tão familiar, a inquietude assombrava os corações de ambos os pais.

— Ah, Jonas, o que podemos fazer? Parece que o André está imerso numa espécie de pesadelo!

Jonas sentou-se ao lado de Gabriella e a abraçou longa e fortemente. Lágrimas molharam seu rosto quando ele percebeu que não tinha a menor ideia do que fazer naquela situação.

— Vou cantar para o meu irmão... — declarou Manuel.

Gabriella sentiu-se chocada consigo mesma. Ela e Jonas haviam se esquecido de abraçar o caçula. De tanto susto e preocupação com aquela melodia tão melancólica que André não parava de cantarolar, eles simplesmente excluíram Manuel da cena.

— Vem cá, meu querido! — disse Gabriella ao pequeno.

Jonas acrescentou:

— Venha conosco, Manuel. Desculpe, meu filho... esqueci que precisava te dar um abraço também.

— Mamãe, eu quero cantar... — afirmou Manuel. — Você não está ouvindo a voz dela?

— A voz de quem? — indagou Gabriella.
— A voz da Marlui. Ela está cantando junto...

Gabriella não ousou dizer uma palavra mais. Respirou profundamente e, de repente, sentiu o aroma de folhas frescas e flores perfumadas. Cerrou os olhos e desejou que seu caçula conseguisse cantar uma canção que despertasse o irmão daquele pesadelo.

ALMA ESTELAR

— Você não se sente um estranho nessa terra, Thomas? As perguntas feitas pelo dr. Alonso, agora atuando como porta-voz de Hades, eram implacáveis.

— Você não tem a impressão de jamais ter realmente incorporado à vida humana, meu jovem?

Thomas tentou mover o corpo de modo a sair da cadeira, mas não conseguiu. Medo e perplexidade pareciam acorrentá-lo àquela mesa de jantar, compartilhada pelas pessoas mais estranhas que ele já tinha encontrado, como se ele tivesse se perdido no cenário mais sinistro de toda sua vida.

— Todo artista sempre almeja regressar ao seu local de origem: as estrelas. Sentem necessidade de deixar essa vida de se aproximar da constelação de Orfeu, sua eterna fonte de inspiração. É como se estivessem divididos entre a tarefa de gerar o desejo por uma vida plena no coração das pessoas e seu próprio segredo: um silencioso desejo de morte. Daí a atração que os artistas sentem por mim...

— Atração por você? — Thomas sentiu-se tão ultrajado pelo raciocínio de "Hades" que não pôde evitar o questionamento daquelas afirmações.

— Como eu já disse, nós já nos encontramos antes, meu caro jovem.

— Claro que sim, na praça!

— Não, tivemos outros encontros antes e você sabe disso, caro amigo...

Thomas encarou o rosto do homem que ele conhecera como dr. Alonso e quase não pôde reconhecê-lo. O cruel sorriso sardônico, os olhos magnéticos, principalmente a voz profunda, não lhe pertenciam, como se o dr. Alonso não estivesse mais ali. Rapidamente essa impressão se transformou numa certeza.

— Você acha que foi seduzido pela bela Dora, meu amigo? Foi por ela que você veio aqui? — indagou Hades disparando ainda mais perguntas. — Será mesmo que Dora foi a única razão pela qual você aceitou o convite para o jantar ou será por causa do alaúde? Feche os olhos e tente rememorar comigo. Daquela noite da sua infância. No carro... venha comigo e reúna-se aos seus pais no meu mundo... Você não sente saudades deles?

— Chega! — disse Thomas, levantando-se da mesa. — Quero ir embora AGORA! Chega desse baile de fantasia estúpido! O Carnaval já acabou, não sei se você sabe disso...

Subitamente, a voz do dr. Alonso voltou a sua boca. Seu habitual sorriso alegre se espalhou pelo rosto quando Dora se aproximou rapidamente da mesa e deu um beijo na face de Thomas.

— Por favor, não me leve a mal — disse o dr. Alonso —, estou só me referindo aos mitos órficos. O estudo das coisas derradeiras, especialmente, a morte. Veja, segundo as antigas escrituras secretas, as almas habitavam as estrelas. De lá vieram as almas que caem nas terras para associar-se aos corpos humanos. Certas almas privilegiadas, tal como a sua, conservam o brilho original de seus lares estelares. Não é à toa que a maior parte dos artistas prefere trabalhar de noite, seja compondo, escrevendo ou até mesmo apresentando-se.

— Pare de dizer esse monte de bobagem esotérica! — disse Thomas, afastando Dora de si. — Quero sair desse hospício, dessa nau dos insensatos! Vocês não passam de um bando de gente ridícula, esnobe, chata e vazia, que fica gastando seu tempo e montanhas de dinheiro para tentar se convencer de que são especiais! Vocês não estão acima da média, e sim abaixo de qualquer crítica!

— Meu pai não é um derrotado! — gritou Dora, os olhos cheios de lágrimas de raiva.

Ao gritar, ela apontou para um pedestal colocado bem no centro da sala.

— Esta é uma autêntica tábua de osso do século V, da Grécia. Leia as inscrições! Por favor, dê uma olhada, Thomas, e você terá a certeza de que não somos um bando de ricos fazendo pose! Nossa pesquisa, nosso conhecimento é profundo!

VIDA. MORTE. VERDADE.

Ao ler as palavras inscritas na antiga tábua de ossos colocada no pedestal, uma estranha e inesperada necessidade de saber mais a respeito da relíquia o dominou. Dora rapidamente captou a hesitação do jovem e lhe entregou o violão.

— Leia essas palavras e toque, Thomas. É só tocar! Agora! Não vou aceitar não como resposta!

Lentamente, com os olhos pregados na relíquia, Thomas voltou a sentar-se à mesa, pegou o violão e se pôs a tocar...

A PROMESSA

— Nem acredito que eles finalmente adormeceram...

Jonas entrou no quarto e sorriu para Gabriella.

— Ainda estou morta de preocupação — ela lhe disse.

Jonas sentou-se à beira da cama e lentamente descalçou os chinelos. Gabriella reparou que os ombros dele estavam tensos e o abraçou ternamente.

— Vou fazer uma massagem em você...

Gabriella continuou conversando enquanto suas mãos deslizavam sobre a pele de Jonas, extraindo a tensão daqueles ombros crispados.

— Os meninos dão a impressão de ter uma ligação incomum com Thomas. Sonharam com ele, conheciam suas canções uma semana antes de realmente encontrá-lo pela primeira vez, na fonte. Por favor, não me diga que tudo isso é fruto de minha imaginação fértil de escritora. Falo aqui enquanto mãe. Você mesmo testemunhou o fenômeno e, por favor, não venha me dizer que é só uma mera coincidência.

Jonas pegou a mão de Gabriella e a beijou.

— Obrigada pela massagem, minha querida. Continue o que você estava falando, por favor. Eu sei que você precisa dizer o que pensa agora. Entendo o seu lado...

— Minha intuição diz que os meninos podem estar nos comunicando o fato de que Thomas está correndo perigo. Quer dizer, não sinto que ele esteja bem nesse exato momento. Precisamos dar um jeito de ir até a casa do dr. Alonso para tirá-lo de lá. Sei que parece loucura, mas é o que eu realmente gostaria de fazer.

Jonas beijou o rosto de Gabriella, depois, assim que se deitaram na cama, a luz do abajur ainda acesa, ele cruzou as mãos sobre o peito, como sempre fazia quando queria refletir e lhe perguntou:

— Onde anda a família de Thomas? Por que ele foi tão submisso com aquele sujeito arrogante?

— Estive fazendo uma pesquisa sobre ele na internet. Parece que Thomas perdeu a família num acidente de carro; eles tinham muito dinheiro, de modo que, depois, ele foi criado por tutores e os bens foram administrados por um escritório com o qual o pai dele trabalhava ainda em vida. Ambos os pais eram filhos únicos, então ele, na verdade, não tinha parentes... Ele me deu a impressão de ser um jovem muito rico e muito solitário. Por outro lado, ele leva uma vida confortável, na condição de jovem músico de prestígio. Quanto à vida pessoal, Thomas me parece alguém que gosta de viver sozinho. Quase não usa redes sociais. Quer dizer, não como base de divulgação de seu trabalho. Ou melhor, ele conta com a beleza de sua música, não com sua pessoa, mesmo sendo um jovem muito atraente.

Jonas apagou a luz do abajur e disse:

— A orfandade é um fardo bem pesado. Uma perda como a dele pode gerar tanto sofrimento. E a orfandade não exclusivamente daqueles que perderam os pais. Existem tantas formas de um jovem se desconectar da própria família! Viver um corte emocional desse porte é extremamente doloroso. Lembra quando eu estava trabalhando com os jovens em liberdade assistida?

Gabriella lançou um olhar amoroso ao marido, de perfil, contra as sombras, e acariciou os cabelos dele. Jonas continuou falando:

— Foi a equipe de psicologia que me convidou a trabalhar com eles. Eu só precisava ensinar a turma a desenhar uma casa. Tantos eram os garotos que não conseguiam visualizar-se dentro de casas, ou até mesmo espaços de acolhimento, para dizer a verdade. Eles só queriam mesmo era desenhar as ruas, as praças, os becos sem saída, poucos eram os que desenhavam a natureza ou espaços realmente abertos e livres... Seja como for, eu conseguia perceber nitidamente quais os alunos estavam se envolvendo com a atividade porque eles passavam a agir de forma agressiva ou indiferente. Juro que eu não conseguia entender. Alguns de meus melhores alunos abandonaram as aulas. Foi quando meu supervisor me explicou que alguns deles simplesmente não suportavam a intensidade de um vínculo criativo comigo. Eles tinham tanto horror à rejeição que preferiam ir embora a seguir fazendo coisas nas quais eram realmente bons.

— Obrigada, meu querido. Vou pensar nisso tudo...

A voz de Gabriella já estava sonolenta quando Jonas fez seu último comentário:

— Prometo que vamos resgatar esse jovem. Mesmo que as pessoas nos tratem como um bando de doidos. Preciso saber de uma última coisa antes de dormir, meu amor.

— Diga ... — disse Gabriella esforçando-se para manter os olhos abertos.

— E o lance da Marlui? Por que nossos filhos disseram que podiam ouvir a voz dela?

— Não tenho a menor ideia. Mas amanhã mesmo, assim que eu acordar, já ligo para ela. Na verdade, fiquei com a impressão de também ter ouvido a voz dela ou, ao menos, foi o que achei. Tudo isso parece pertencer a um estranho sonho...

— Tudo isso soa como um sonho, um dia descobriremos, mas não sem uma boa noite de sono...

VIDA É VERDADE

Thomas executava uma melodia melancólica sem conseguir evitar as enormes letras que pairavam diante de seus olhos, na antiga partitura colocada sobre o pedestal. Três palavras pareciam despertar-lhe uma profunda nostalgia ao serem trazidas à tona.

VIDA VERDADE MORTE

Mudando a dinâmica musical, Thomas introduziu a melodia tradicional de uma canção de ninar que sua mãe gostava de cantarolar como acalanto, ao colocá-lo na cama. Fechou os olhos e uma intrincada constelação de necessidades, dores e perdas imprimiu-se em seu coração atormentado. Ele se viu menino ainda, sentado no banco traseiro do carro; reviveu a agonia de querer resgatar seus pais da morte iminente, em seguida, a dor e o desamparo ao sair do hospital de volta à sua casa vazia.

A palavra "Morte" então cedeu espaço à "Verdade" e Thomas rapidamente vivenciou a recordação da dança e da música de seus secretos seres sonoros. Tocou com alegria agora, para chamar-lhes a atenção, pois a necessidade da companhia deles feria seu coração dolorido, porém, por mais que ele invocasse suas vozes melódicas por meio do toque de seu violão, executando canções que as próprias criaturas haviam lhe passado, Thomas não conseguia mais vê-las ou ouvi-las.

"O que é a vida, afinal?", Thomas se perguntou e uma raiva instintiva dominou seus dedos fazendo com que ele imprimisse um ritmo inteiramente novo à canção. Bateu de leve com os dedos no corpo do violão, depois bateu com os pés no assoalho, balançou fortemente seus longos cabelos e cantou, como se quisesse deixar a vida e juntar-se às estrelas de modo a ficar eternamente pregado numa constelação, bem longe da multidão ensandecida. Tentou parar, respirar profundamente e trocar a melodia, buscando um novo clima musical, mas simplesmente não conseguia. Finalmente, olhou ao redor e viu a plateia em silêncio, a observá-lo, como se cruelmente aguardassem pelo momento em que ele sofreria um colapso fatal.

"Como podiam compartilhar desse desejo tenebroso? Será que quero partir? Será que tudo isso é reflexo de meu próprio desejo mais profundo? Morrer? Aqui? Agora?"

TERRA CÉU

— Espalhe as raízes do céu, minha neta! Agora! Cante! Vamos ao encontro do Thomas. Que seu espírito viaje ao meu lado!

As palavras de Popygua ecoaram através das árvores somando-se ao canto das corujas e aos ruídos dos macacos em movimento nos galhos. Ele olhou para as estrelas e pediu aos deuses que o auxiliassem na cura, no resgate dessa jovem vida prestes a ser ceifada. Então ele cantou.

Marlui abriu os braços e pernas por sobre a relva verde e suave. Ergueu os olhos para as estrelas cintilando contra o firmamento e entoou o canto sagrado.

A cada verso da prece, Marlui sentia as extremidades de seu corpo estenderem-se mais e mais até que pareciam espalharem-se por toda a clareira. Dedos, braços, pernas e pés, os cabelos dela penetraram o solo e Marlui generosamente permitiu que seu próprio corpo virasse uma longa raiz que se aprofundava tão fortemente na terra que, nada, ninguém, seria capaz de arrancá-la fora.

— Thomas! Escute! Ouça nossa canção! — ela gritou.

A DERRADEIRA CANÇÃO

Margareth veio do fundo da sala em direção ao jovem músico.

"Ele não perdeu os sentidos? Por que ele não desmaiou naquela hora, para que a plateia pudesse dançar ao redor de seu corpo imóvel, caído no chão? O ritual é infalível!", ela pensou.

Margareth se aproximou do pedestal, encontrando dificuldade para se deslocar entre os corpos alegres e dançantes. "Por que será isso?", ela ficava se perguntando. Em seguida, captou a magia na música de Thomas.

Um casal aos beijos, totalmente absorvido por seu romance, tropeçou nela e quase a jogou ao chão. Uma miríade de sentimentos mesclados atravessou o coração de Margareth: raiva, medo, ciúme, até que finalmente ela foi atingida pelas intensas lembranças de seus primeiros beijos na juventude. O corpo dela sentiu-se forte, jovem, desejando amar e tudo o que ela queria era girar pelo saguão, conduzida pelas melodias do jovem músico.

Thomas olhou ao seu redor e testemunhou jovens que soltavam os cabelos que estavam presos em coques estilo grego, usando trajes de seda branca, que se sentavam no assoalho, rindo, abraçando-se espontaneamente como se fossem crianças. Ele sentiu seu próprio coração abrindo-se a essas novas melodias e instintivamente buscou os secretos seres sonoros de sua infância. Lá estavam eles. Cercando-o uma vez mais.

Dora olhou para Thomas, uma vez mais ele mudou a dinâmica de sua canção. De olhos fechados, ela teve a impressão de ser transportada para outro reino, um espaço muito secreto, apenas seu. Ela sabia que precisava chamar o pai. Onde estava ele? Alguém precisava registrar aquela música, porque ela sabia que Thomas dificilmente seria capaz de tocar tão bem novamente. Era sempre a mesma coisa: os rituais de Alonso situavam esses jovens tão talentosos em seu melhor espaço criativo, apenas para ter um registro de seu auge musical. Ela soltou um suspiro profundo, sentindo tanta pena de Thomas, envergonhada por tê-lo trazido até sua casa, à armadilha maligna de seu pai.

Ondas profundas de afeto por Thomas a inundaram quando ela olhou à sua volta e testemunhou a mais pura felicidade impressa nas faces das pessoas.

Por que será que ela nunca conseguia seguir seus próprios instintos? Por que precisava ficar sempre agradando o pai, sabendo muito bem que as vontades dele eram infinitamente egoístas? A revolta a dominou quando ela viu o dr. Alonso com uma câmera na mão, incapaz de participar de toda aquela alegria, a menos que fosse o responsável por registrá-la, como que para apropriar-se daquele belo momento. Dora correu em direção ao pai para arrancar-lhe a câmera, para expulsá-lo daquele círculo encantado, para proteger seu amado. Sim, agora ela sabia, Thomas conquistara seu coração como ninguém jamais fora capaz.

Contudo, ao correr, Dora se sentiu tão pequenina, apenas uma menininha feliz que só desejava dançar e perder-se no meio de todos. A intensa sensação de liberdade, uma súbita canção soltando-se de seus lábios a desviaram do confronto com o pai.

Pânico, horror, desalento, como Thomas poderia descrever a sensação de assombro que o assaltou quando ele viu o dr. Alonso a filmar seu rosto como se pudesse roubar-lhe a alma?

Algo pareceu dissolver-se dentro dele quando Thomas percebeu que seus seres sonoros secretos o abandonaram uma vez mais. Ele parou de tocar por um segundo, as mãos paralisadas por uma súbita sensação de risco iminente. Ele se sentia tão envelhecido e desgastado agora. As pessoas ainda dançavam como se Thomas as tivesse enredado num eterno sortilégio, porém as mãos dele não podiam mais se mexer. Thomas sabia que havia executado sua última canção. A melhor de toda sua vida... Não era uma sensação exultante, na verdade, Thomas se sentia vencido como se tivessem lhe roubado a juventude.

Totalmente indiferentes à dor do músico, a plateia pedia bis. As pessoas aplaudiam, dançavam, abraçavam-se, simplesmente não conseguiam largar dele, implorando por mais e mais...

— Ande, Thomas, não pare agora! Preciso filmá-lo! — gritou o dr. Alonso.

Thomas olhou novamente para a plateia, tentando conectar-se às pessoas e captar os sentimentos delas, resgatando sua própria canção, agora já enredada àquelas memórias. Ele simplesmente não foi capaz de contrariar o comando do dr. Alonso. Ou seriam ordens do próprio Hades?

O músico se sentiu tão frágil, atordoado, o coração batendo desesperadamente como se a vida estivesse abandonando seu corpo. Um golpe de vento abriu subitamente as janelas, um aroma de orvalho e água corrente chegou às narinas de Thomas. Ele fechou os olhos para desfrutar daquela fragrância natural e, então, ele pôde ouvir: o canto das árvores falantes, as vozes dos animais noturnos, o pio das aves da noite, produzindo uma melodia tão refrescante que ele simplesmente precisava executá-la. Thomas pegou o violão uma vez mais e deixou que sua música canalizasse as vozes da floresta, sentindo o coração repleto de tantas novas histórias a contar.

Ao ouvir os cantos sagrados de Marlui e Popygua que agora o cercavam, como se fossem um escudo de invencível beleza, ele se sentiu tranquilo de novo. Thomas abriu um largo sorriso e, encarando o olhar do inquisidor, executou sua nova canção.

O dr. Alonso deu um passo em direção ao músico, subitamente derrubando a câmera no assoalho. As feições dele pareciam rejuvenescer-se, um sorriso adorável alcançou seus olhos brilhantes e ele assobiou.

Um duelo totalmente inesperado aconteceu, quando o dr. Alonso tranquilamente sentou-se ao lado do jovem músico e assobiou à perfeição, como se fosse, ele mesmo, um instrumento eterno e mágico.

A música rapidamente reuniu todas as pessoas, abraços carinhosos e muitos beijos foram trocados quando os sonhos mais doces ganharam espaço na imaginação de todos os presentes.

Dora fitou a face de seu pai molhada por lágrimas grossas e perdoou a si mesma por sempre desejar agradar-lhe tanto.

Agora ela se sentia livre. Sabia que seu pai sempre seria ele mesmo, sem ter que atuar segundo a persona do professor arrogante, ou sequer como o porta-voz de Hades. O menino talentoso de sua infância havia sido despertado e agora tomava a frente. Um novo caminho surgia diante de seus olhos.

Dora olhou para sua mãe, e ambas se abraçaram ternamente. Dora finalmente poderia encontrar sua verdadeira natureza, assim como toda sua família.

Ao olhar para seu próprio reflexo no imenso espelho do salão, Dora mal conseguiu reconhecer aquela jovem sorridente. Sua beleza extraordinária não era apenas maquiagem. Sua alegria era crua, quase brutal e totalmente revigorante.

RECONEXÃO

— Olá! Que bom encontrar com vocês hoje! Tive pesadelos horrendos ontem! Ficava insone ou tinha sonhos medonhos! Eu sabia que teria os piores pesadelos se adormecesse, então fiquei de olhos abertos, mas não posso dizer que estou muito cansada, sabem? Estou é muito animada! Não vejo a hora de invadir o reinozinho do dr. Alonso!

Vera não conseguia parar de falar. Ela já estava sentada no banco, aguardando a chegada dos amigos há meia hora. Quando viu os meninos, sentiu uma forte alegria no coração e abriu os braços para acolher André e Manuel, que correram em sua direção, acompanhados dos pais, Gabriella e Jonas.

— Espero que você não se importe, porque trouxemos os meninos — disse Gabriella ao cumprimentar Vera com um beijo no rosto.

— Eles acordaram tão cedo, hoje pela manhã, e ficaram só pedindo para encontrar seu amigo Thomas... — acrescentou Jonas.

Todos eles se sentaram juntos no banco enquanto os garotos ficavam brincando com seus brinquedos malucos, ali ao lado. Jonas não conseguia parar de provocar Vera.

— De todas as pessoas do mundo, cara colega, eu jamais seria capaz de imaginar que estaria aqui com você, organizando uma comitiva para resgatar um jovem que mal vi na vida.

Gabriella deu risada e lhe disse:

— Confesso que todo esse lance de resgate parece bem mais emocionante do que qualquer cena que eu fosse inventar para um filme de ação! Qual é o plano? Estou morta de curiosidade!

André e Manuel se aproximaram com seus respectivos sorvetes. Ambos perguntaram à mãe:

— Onde está a Marlui?

Gabriella imediatamente se desculpou:

— Sim, desculpe, gente! Precisamos aguardar a chegada da Marlui para que vocês nos expliquem o plano de ação!

Vera concordou com a cabeça, sorriu e disse:

— Ela está a caminho. Marlui acaba de me enviar uma mensagem de texto. Vou pegar um sorvete também. Sabe, desde nosso primeiro encontro, aqui na praça, fico com a sensação de que bebi água de uma fonte mágica, da juventude. Parece que estou mudando tão rapidamente... é difícil explicar.

Jonas também compartilhou seus sentimentos:

— Vera, eu ando com a mesma sensação. Acho que você e eu pertencemos à mesma espécie, quero dizer, somos os racionais aqui. Mesmo assim, não cheguei a realmente encontrar boas explicações que justificassem minha adesão a essa comitiva louca de vocês.

Gabriella acariciou os ombros do marido. Ele parecia estranhamente à vontade no meio dessas pessoas que mal conhecia.

— Posso falar? — indagou Jonas, sorrindo.

Jonas levantou-se do banco e esticou as longas pernas antes de dizer:

— Vera e eu já somos amigos faz anos agora. Sim, trabalhamos juntos, mas também temos uma amizade forte, embora nossas opiniões e preferências sejam totalmente diferentes. Adoro mitos, literatura, cinema, e a Vera é o meu aterramento, por assim dizer, ela sempre me traz de volta à realidade. Só que, dessa vez, parece que é tudo ao contrário...

Vera também ergueu-se do banco e abraçou Jonas, seu amigo de tantos anos, antes de começar a explicar:

— Meu pai foi um advogado de grande prestígio. Já minha mãe era uma mulher linda, sonhadora, obcecada por magia e rituais antigos. Sou filha única. Infelizmente meu pai faleceu muito cedo, quando eu só tinha nove anos de idade. Eu o idolatrava. Amava ler enciclopédias com ele, ou então biografias. Desde quando eu era bem menina, papai já conversava comigo sobre direito e advocacia. Por outro lado, nunca me interessei pelas pesquisas de mamãe, nem sequer gostava de contos de fadas, vejam só...

Vera fez uma pausa e olhou para as árvores. Gabriella percebeu que os olhos dela cintilavam com lágrimas proibidas, então ela lhe perguntou:

— Uma filha única que perde seu pai.... Creio que você e Thomas tem algo em comum, será por isso que você está saindo de sua zona de conforto para ajudá-lo?

Vera ficou sem palavras por alguns segundos, então Jonas começou a dizer:

— Para ser sincero, não vim até aqui só por causa de Thomas. Pesquisei sobre ele na internet e, obviamente, me apaixonei por sua música. Mas, se vocês me perguntarem sobre minhas reais intenções, eu lhes direi que quero expor a insanidade do dr. Alonso a todos. Quero processá-lo se for possível. Não consigo acreditar que ele fica por aí, solto no mundo, prejudicando os jovens, mexendo com a cabeça deles do jeito que anda fazendo. Que charlatão! Preciso detê-lo, é isso...

Gabriella percebeu que Vera e Jonas realmente cumpririam suas promessas, ou seja, o dr. Alonso realmente tinha se deparado com dois adversários bastante fortes e perigosos. Ela abriu a boca para falar, mas Vera começou a desabafar:

— A música de Thomas... Há nela um elemento mágico... Quando ouvi suas melodias, repentinamente entendi o interesse de minha mãe em ocultismo. De onde surgem aquelas canções? Será que Thomas bebe de alguma fonte musical interna e secreta? Confesso que senti transportada para outras dimensões, como diria minha falecida mãe. Fato é que toda essa história do Thomas me ajudou a reconectar com as lembranças de minha mãe e a amá-la, embora ela já tenha falecido faz um bom tempo. Não costumo me abrir com estranhos, mas aqui, com vocês, é diferente. Além disso, quero contar uma coisa: quando meu pai morreu, eu não conseguia superar a perda, então mamãe ficava me dizendo que ele não tinha partido de verdade, que meu pai sempre estaria ao meu lado. Eu a odiei por causa disso, só queria mesmo o meu pai de volta, de carne e osso, perto de mim como antes. Mas, quando me sentei aqui, perto da fonte, e ouvi a música de Thomas, realmente tive a sensação de que meu pai estava presente, mas de um jeito diferente. Então passei a noite toda lendo os livros de mamãe sobre magia ancestral e, pela primeira vez, vi um pouco de sentido na pesquisa dela, mesmo que apenas metaforicamente. Sempre foquei no lado mais concreto da vida, quer dizer, eu interpreto a realidade de um modo muito diferente das opiniões que ela mantinha, se é que vocês me entendem.

Gabriella levantou-se do banco e abraçou Vera, um afeto profundo por sua nova amiga a expressar-se por meio de seu gesto. Nisso, ela ouviu as crianças anunciarem, felizes:

— Marlui chegou!

Os dois meninos correram na direção da jovem que, imediatamente, ajoelhou-se para abraçá-los e beijá-los. Em seguida, Marlui cumprimentou os adultos e declarou:

— Oi, gente! Que bom que vocês estão todos aqui. Precisamos andar logo, Thomas corre perigo!

Vera não conseguiu evitar o comentário ríspido e foi perguntando a Marlui:

— Por acaso ele telefonou para você? Te mandou uma mensagem de texto, Marlui? Ou é só tipo uma intuição ou premonição sua?

Os olhos de Marlui se umedeceram e ela tocou a barriga com a mão, como se tivesse levado um soco. Depois, lentamente, ela também se sentou no banco para dizer:

— Vera, é chato dizer isso, mas ou você respeita minha maneira de ser ou vou tentar resolver essa parada toda sozinha. Não aguento mais seus comentários passivo-agressivos. As leis do meu povo nunca tiveram que ser documentadas, porque sempre confiamos na palavra dita. Achamos que vocês, os ditos "civilizados", só confiam na palavra escrita ou registrada justamente por falta de comprometimento com a verdade, algo tão evidente na nossa cultura. Da mesma forma, o fato de que só começamos a documentar nossa sabedoria tradicional nos livros recentemente não diminui o valor de nossos ensinamentos. Muito pelo contrário, acreditamos que nossa sensibilidade e ferramentas de cura só podem ser transmitidas no boca a boca. Quer dizer, só transmitimos nossos saberes àqueles que não vão usar nosso conhecimento sagrado de maneira equivocada.

— Marlui, me desculpe. Veja, não creio que eu jamais venha a confiar na palavra falada mais do que nas leis registradas por escrito, jamais confiarei na intuição mais do que no raciocínio cartesiano, mas respeito seu ponto de vista. Prometo, em nome de minha falecida mãe, que vou acompanhar você, não importa qual seja seu método de tomada de decisões...

Marlui aproximou-se e abraçou Vera por longos segundos.

— Eu realmente queria que você tivesse conhecido minha mãe! — disse Vera.

— Tenho certeza de que iria gostar muito dela, Vera. Obrigada por ser uma amiga tão sincera!

Jonas sorriu para as duas e disse:

— Gente, precisamos ir andando. O tempo voa! Vamos na nossa minivan, assim podemos ficar todos juntos. Vamos nessa!

CAFÉ PURO

Thomas despertou e tentou se recordar dos acontecimentos da noite anterior. Durante alguns segundos ele se orgulhou do próprio sucesso. Pensou no quanto gostou da sensação de liberar aquela família inteira, dr. Alonso, Margareth e Dora, de suas armadilhas internas e traumas.

Olhou para o violão perto da bagagem, de pé ao lado da parede, e decidiu que estava na hora de ir embora dali. Ele faria as malas antes do café da manhã e, depois dessa última refeição com seus anfitriões, ele agradeceria pela hospedagem e pegaria a estrada.

Thomas estava louco para voltar para casa. No entanto, assim que se sentou na beira da cama, percebeu que sentia uma profunda fadiga. "Por que será que estou tão cansado?", pensou. Em seguida, decidiu tomar uma ducha para renovar as energias.

Não. Dessa vez nem sequer a agradável sensação da água escorrendo sobre sua cabeça lhe fez bem. Pelo contrário. A água corrente batendo em suas costas lhe trouxe a lembrança de dolorosas lágrimas. Mas ele não se permitia chorar, isso nunca. Não naquela hora. Ele só precisava afastar-se daquela gente para que todas aquelas sinistras sensações sumissem, ele tinha certeza disso.

Thomas rapidamente vestiu as mesmas roupas com as quais viera, penteou os cabelos e não fez a barba. Por alguma razão, ele se sentia incapaz de olhar-se no espelho naquela manhã. Terminou de arrumar tudo para partir e se dirigiu à sala de jantar.

Assim que entrou no saguão, o dr. Alonso o cumprimentou:

— Bravo! Você nos brindou com uma apresentação hipnótica ontem à noite!

Margareth bateu palmas e o mesmo fez Dora, como se Thomas ainda estivesse no palco, finalizando uma canção. O jovem simplesmente não sabia o que dizer. Olhou para os pés, sentindo-se acanhado e, lentamente, tomou seu lugar à mesa. A criada aproximou-se dele e lhe ofereceu café preto. Thomas rapidamente tomou sua primeira xícara de café forte, num esforço para despertar, sentir-se animado, feliz, como sempre ficava pela manhã. Sua fadiga era assustadora. Thomas tomou mais três xícaras de café uma atrás da outra. Mas quando pediu pela quarta xícara, Margareth decidiu intervir:

— Você tem certeza de que quer tomar uma quarta xícara de café expresso, Thomas? Desculpe por me meter na sua vida, mas isso vai dar um litro de café puro, fortíssimo. Sei que corro o risco de parecer excessivamente maternal com relação a você, mas é que sinto tanta gratidão! Não tenho palavras para descrever toda a alegria que sua música trouxe a essa família na noite passada! Eu simplesmente não consigo acreditar que o Alonso voltou a assobiar! Ele não fazia isso desde a época em que nos apaixonamos!

Thomas insistiu que queria uma quarta xícara de café puro. Dr. Alonso continuou a conversar com sua mulher e filha, as feições brilhando de uma alegria juvenil. Quanto a Dora, sim, Dora... Ela parecia mais linda do que nunca; seus gestos precisos, sofisticados, embora aparentemente espontâneos eram extremamente sedutores.

Ela tentou segurar a mão de Thomas por sobre a mesa, mas ele instintivamente evitou o gesto de carinho.

— O que está acontecendo, Thomas? Nós te amamos tanto... — ela lhe disse, com um sorriso terno.

Thomas viu seu reflexo no grande espelho na parede oposta e reparou nos círculos enormes e escuros a marcar seus olhos, reparou na pele pálida, seca e os lábios brancos. Depois disse rispidamente:

— Sinto muito, mas preciso voltar para casa agora. Aliás, quero muito agradecer pela comida deliciosa, mas ainda me sinto fraco e tonto. Devo estar gripando e não quero contagiá-los. Será que você poderia chamar um táxi para mim, Dora, querida?

O rosto de Dora imediatamente mudou: sumiu a expressão de uma jovem feliz e despreocupada, dando lugar à de uma mulher amarga e possessiva.

— Não!! — ela gritou, saindo da mesa. — Você não pode nos abandonar agora!

— Mas não estou abandonando ninguém! Só quero ir para casa dormir um pouco — argumentou Thomas.

— Claro, você deve descansar. Mas aqui, conosco! — disse Margareth acrescentando: — Podemos lhe oferecer do bom e do melhor, Thomas, vamos instalá-lo num quarto confortável, chamar um médico amigo nosso. Faremos o que for preciso para que você permaneça aqui.

Ao sair da mesa, Thomas foi invadido por uma sensação de náusea e repulsa.

— Obrigado pela gentileza, eu agradeço de verdade, mas preciso ir embora... Já arrumei minhas malas, sabe? Agora só quero pegar um táxi e voltar para casa.

O dr. Alonso deixou a mesa depressa e caminhou na direção do alaúde pendurado na parede, ao lado do pedestal.

— Leve o alaúde, Thomas! Você não quer compor suas canções com um verdadeiro instrumento histórico?

Thomas saiu andando na direção do corredor para ir até seu quarto, pegar o violão e a mala, mas o dr. Alonso insistiu:

— Espere, Thomas! Você não pode nos deixar! Você precisa ficar conosco! Você agora é como um filho para mim!

Thomas virou-se e disse em alto e bom tom:

— Por que será que vocês querem que eu fique? Na noite passada estavam celebrando sua própria libertação! Por que então querem que eu me torne prisioneiro de vocês? Não estou entendendo! Vocês não se livraram de suas inibições, traumas, memórias tóxicas, sei lá mais o quê? Por que ficam só me pedindo mais e mais?

O dr. Alonso colocou-se entre Thomas e a porta. Margareth se pôs ao lado dele, de braços cruzados e olhos furiosos.

— Veja bem, Thomas... — disse o dr. Alonso. — Entenda como a situação toda é muito irônica... nós só conseguimos nos sentir livres se você continuar tocando seu violão aqui, para nos libertar. Ao nos pertencer, você definitivamente estará nos libertando. Mas, é claro, você jamais vai se sentir como se estivesse numa prisão. Daremos festas todas as noites, você vai tocar os instrumentos mais incríveis, desfrutar da melhor culinária, além disso, quero compartilhar a minha biblioteca com você, mostrar-lhes todos meus ensinamentos secretos e assim, Thomas, você se tornará realmente poderoso, como ninguém jamais foi...

Dora deu um passo à frente, encarou os olhos de Thomas por longos segundos e disse:

— Pai, deixe que ele vá embora. Ele não merece estar ao nosso lado...

Thomas ficou chocado. O olhar de Dora agora parecia arrogante, cruel e frio. Mas ele não hesitou, tampouco lhe agradeceu. Sem dizer palavra, sem lhe dar um beijo de despedida, deixando para trás a bagagem e o violão, Thomas simplesmente caminhou para fora da casa e atravessou o portão. Assim que chegou à estrada, disparou a correr a esmo.

A estrada tinha uma curva e assim que a ultrapassou, Thomas parou e olhou para trás. Ninguém o seguia. A casa finalmente estava fora de vista. Mesmo assim ele seguiu correndo, o fôlego voltando aos pulmões em compasso com as batidas de seu coração.

NA ESTRADA

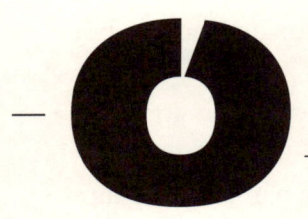

— Ó Thomas está chegando — disse Marlui do banco traseiro da van.

— Ah, lá vai ela de novo! Nossa bela vidente! — disse Vera. — Infelizmente você deve estar errada, querida, meu GPS aqui diz que ainda faltam 15 minutos até a casa do dr. Alonso.

Marlui fechou os olhos e insistiu:

— Ele está a caminho, posso vê-lo...

— Ah, querida — disse Vera enquanto dirigia o carro —, por favor, não me venha dizer que você consegue enxergar de olhos fechados...

Jonas decidiu intervir mudando de assunto:

— Aliás, Vera, você não está achando que nosso plano de resgate está meio furado? Será que o dr. Alonso vai nos deixar entrar em sua casa só porque temos em mãos um livro raro de magia? Mal consigo falar com ele no campus universitário, mas é verdade que não gosto nem um pouco dele, sempre tento evitá-lo de todas as maneiras possíveis...

André e Manuel, também no banco traseiro, acariciavam os cabelos suaves de Marlui dizendo:

— Ele está chegando, sim! Thomas vem encontrar com a gente!

Gabriella sorriu para os meninos e sugeriu:

— Vocês podem usar o meu nome como desculpa, dizer que eu, que sou roteirista, quero fazer um documentário sobre ele. Estou com a câmera, podemos dizer que quero filmá-lo!

Jonas sorriu para a companheira e acrescentou:

— Sem mais nem menos? Sem hora marcada? Parece desculpa esfarrapada...

— Vamos ter que nos arriscar... — disse Vera. — Se ele for tão obcecado com magia quanto era minha mãe, ele abrirá os portões de sua propriedade assim que eu mencionar o título do livro...

Gabriella se inclinou na direção do assento dianteiro para perguntar a Vera:

— Por favor, conte mais desse livro! Agora fiquei morta de curiosidade!

Vera deu uma olhada na tela do GPS e disse:

— Faltando dez minutos agora! — depois explicou: — *A Tábua de Esmeraldas* na edição preferida de minha mãe!

— Que título mais bonito! Qual é o tema do livro? É tipo um romance?

— Trata-se de um livro muito misterioso. Reza a lenda que teria sido escrito por Hermes Trismegisto, um personagem mítico da antiga Grécia. É considerada a obra fundadora da alquimia europeia e está relacionada à busca da pedra filosofal. Suas versões mais antigas datam do final do século XVIII. *A Tábua de Esmeraldas* foi um livro muito popular no século XIX e essa edição em especial pertenceu a um famoso ocultista, e é por isso que vamos chamar a atenção do dr. Alonso. "Aquilo que está em cima, também está embaixo", esta citação se tornou uma espécie de lema no século XX, quando minha mãe ainda era uma jovem muito linda, por sinal. Eu me lembro dela sempre repetindo essa frase do nada...

— Thomas! — gritaram os dois meninos ao mesmo tempo. — Olha lá! Ele está vindo na estrada!

Vera sorriu para si mesma. Sim, sua mãe teria adorado estar com ela naquele momento, compartilhando dessa louca aventura. E quem diria... lá estava o Thomas! Sentado à beira da estrada... Vera estacionou o veículo e virou o corpo para dizer a Marlui que sim, ela estava certa o tempo todo, mas a jovem já saltava fora do carro.

Vera soltou um suspiro de alívio quando viu que os meninos e Marlui abraçaram o músico. Fora o cansaço evidente, Thomas parecia estar bem.

SEM PALAVRAS

— Você está bem? — perguntou Jonas, ajoelhando-se ao lado de Thomas, à beira da estrada.

Manuel e André seguravam os ombros de Thomas tentando fazê-los parar de tremer, Marlui acariciava os cabelos dele, mas o jovem não levantava os olhos do chão. Gabriella e Vera também se aproximaram:

— Olá, Thomas, que bom te rever! Viemos te socorrer! — disse Gabriella.

Jonas estava espantado. Havia algo de muito errado com o jovem. Não só ele parecia sem palavras, como também estava frágil, magro, pálido, como alguém que tivesse ficado muito doente. Quando Jonas percebeu, as palavras já tinham saído de sua boca:

— Que bom que você saiu dessa são e salvo, meu amigo! Juro que vou processar esse psicopata! O dr. Alonso não pode continuar prejudicando jovens como você! Ele já traumatizou dois alunos meus!

Marlui levou o dedo aos lábios, pedindo silêncio. Quando tentou tranquilizar Thomas, ele começou a soluçar violentamente. O corpo todo estremecia, como se ele se sentisse totalmente só e perdido. Todos os presentes, inclusive Vera, abriram os braços para acolhê-lo carinhosamente. Marlui beijou o rosto de Thomas e o ajudou a levantar-se da beira da estrada.

— Está na hora de voltar para casa, Thomas, vamos embora daqui... — ela disse.

SEM PALAVRAS

Olhando ao seu redor como se estivesse recuperando a consciência após um longo e perigoso pesadelo, Thomas acompanhou os amigos até o veículo. Assim que Gabriella abriu as portas da minivan para seus meninos, eles disseram a Thomas:

— Vamos cantar pra você agora, na volta para casa. Você vai se sentir bem, a gente sabe disso!

Thomas puxou o longo cabelo negro para trás e aprumou os ombros, sorrindo levemente.

— Obrigado, pessoal! — ele disse. — Não sei bem o que foi que me aconteceu nesses últimos dias. Preciso pensar. Minha mente parece tão confusa. Perdi a confiança em mim mesmo, sabe? Todas as minhas lembranças parecem se misturar a sonhos loucos, não consigo mais diferenciar a verdade da ilusão nesse exato momento... Mas tenho uma pergunta simples: por acaso vocês sabem qual é o meu endereço?

Jonas riu alto.

— É verdade! Não sabemos onde você mora! Que situação! Nós aqui, agindo como se fôssemos seus amigos de vida inteira, quando, na real, sabemos muito pouco ao seu respeito!

Gabriella sugeriu:

— Gente, por que vocês todos não vão pra minha casa tomar um café, comer uma fatia de bolo? Precisamos nos conhecer melhor, como numa amizade normal. Nossa casa é acolhedora, mesmo que um pouco bagunçada, mas vocês vão gostar. Além disso, Thomas, queremos passar mais tempo com você de agora em diante...

André e Manuel, sentados no banco traseiro, ficaram animados e começaram a insistir:

— É sim, Thomas, venha à nossa casa! Por favor, venha! — disse André.

— Isso mesmo! — acrescentou Manuel. — Queremos mostrar os brinquedos para você e até dar um novo de presente!

A exaustão, tensão e fadiga diminuíram quando Thomas sorriu e consentiu com a cabeça, aceitando o convite.

ESPÍRITOS DANÇARINOS

Thomas não queria mais parar de conversar com as crianças.

Sentado num confortável sofá cor de laranja, cercado pelos brinquedos caseiros mais malucos que já tinha visto, Thomas pegou-se desejando ter vivido uma infância tão alegre quanto a desses dois irmãos.

Manuel e André se deslocavam pelo quarto apanhando peças de velhos brinquedos guardados num grande baú de madeira.

— Esse baú era da nossa avó. Ela nos deu de presente e a mamãe achou que era um lugar legal pra gente guardar brinquedo velho. A gente detesta jogar brinquedo fora, então eles ficam todos guardados aqui. Toda vez que queremos inventar um brinquedo novo, pegamos pedaços dos velhos. É muito mais divertido do que brincar com coisa nova.

Thomas riu, tomado por uma profunda sensação de conforto. Assim que ouviu o som de sua própria risada, percebeu-se já liberto de uma dolorosa sensação de vazio.

— Posso entrar na brincadeira, gente?

Marlui sentou-se no sofá, ao lado de Thomas, e lhe deu um abraço.

— Parece que você já está bem melhor agora, Thomas!

O jovem olhou para baixo, assolado por uma espécie de timidez aguda misturada a uma súbita felicidade.

Marlui percebeu a confusão de sentimentos e lhe disse:

— Desculpe meu jeito, Thomas! Parece que nos conhecemos a vida inteira! Não vai pensar que sou uma dessas fãs invasivas que não sabem respeitar os seus limites!

Sem saber direito o que dizer, Thomas abraçou Marlui longamente, murmurando nos ouvidos dela:

— Obrigado!

Assim que olhou para os meninos, Thomas os enxergou: os secretos seres sonoros.

— Puxa vida! — ele disse em voz baixa, depois tentou agir com naturalidade, fingindo que não acontecia nada de especial ao seu redor.

— Ah, os espíritos dançarinos... Sim, eles estão todos aqui agora... — disse Marlui, sorrindo para Thomas.

Ele mal acreditou no que ouviu. Achou melhor confirmar, perguntando a Marlui:

— Você consegue vê-los? Quer dizer, será que os seus olhos enxergam essas sombras dançarinas? Elas são tão lindas! Você consegue ouvir a música delas?

Marlui pegou as mãos de Thomas, deu-lhe um beijo no rosto e lhe disse:

— Claro que sim. Enxergo essas coisas desde que era bem menina. Mas esta é a primeira vez que vejo os espíritos dançarinos perto de gente da cidade. Eu os vi flutuando à sua volta, quando você estava tocando na praça...

— Então me explique: o que são essas sombras? Sempre adorei a música que vinha delas!

— Meu avô diz que elas brotam dos galhos da sagrada árvore da vida. As raízes dessa árvore se espalham pelo planeta inteiro e as folhas se espalham por todos os lugares, atravessando os tempos. Nós reverenciamos a floresta, você sabe. Para nós, as árvores são sagradas, na verdade, eu acredito que as árvores, as florestas e suas criaturas deveriam ser amadas por todos. Nós, os seres humanos, pertencemos à floresta assim como todos os seres vivos. Se as pessoas se conscientizassem disso, se todos pudessem apreciar a música da natureza, o mundo seria um lugar melhor para viver, tenho certeza...

Manuel e André começaram a cantarolar uma melodia delicada, ecoando a música que sussurravam os seres sonoros secretos. Marlui acariciou os cabelos macios de Thomas, olhou fundo nos olhos dele e disse:

— Esses dois meninos lindos foram escolhidos... exatamente como você, Thomas... Tenho certeza de que você sente a presença dos espíritos dançarinos desde bem pequeno. Ao contrário de tantas outras crianças, você era capaz de compreender a linguagem musical deles e aprendeu a canalizar essas vozes invisíveis de modo que todos pudessem apreciá-las. Você sempre teve uma alma generosa... Eu amo você, Thomas...

Jonas entrou no quarto e aguardou alguns segundos antes de chamar todos para jantar. Havia algo de mágico em toda aquela cena, como se um sortilégio paralisasse o tempo e envolvesse seus filhos, Marlui e Thomas. Ele certamente não queria quebrar o encanto.

Mas Gabriella, sem ter visto nada, anunciou da cozinha:

— O jantar está na mesa!

Marlui sussurrou nos ouvidos de Thomas:

— Meu avô quer falar com você, Thomas.

Thomas sorriu como resposta e disse:

— E eu quero conhecê-lo!

Marlui riu e lhe disse:

— Mas você já o encontrou, meu querido Thomas... depois eu explico melhor. Agora chegou a hora de vocês dois terem uma longa conversa, cara a cara, quero dizer...

— O jantar está pronto! — insistiu Gabriella.

Poucos minutos depois, na mesa de jantar, Thomas tentou responder às perguntas que Jonas lhe fazia sobre o dr. Alonso e seu culto secreto:

— Eles se autodenominam órficos. Todos os rituais estão vinculados a apresentações musicais e relíquias históricas. Aparentemente, o dr. Alonso é colecionador de instrumentos e partituras históricas...

Ele é um sujeito tão estranho... Fiquei com a impressão de que ele tinha uma espécie de transtorno de múltiplas personalidades. Não sei dizer ao certo, pois não sou psicólogo e, afinal, ele vivia cercado de diversos discípulos muito devotados. Por alguns segundos, eu realmente acreditei que ele pudesse enxergar o meu passado. Porém, agora, ao lado de vocês, percebo que ele pode simplesmente ter pesquisado sobre a minha vida na internet. Posso ter sido ingênuo, mas, em determinado momento, ele realmente me convenceu. E tem a Dora, a filha dele...

Repentinamente, Thomas parou de falar. Olhou para Marlui como se sentisse mal em contar algo em especial, dizendo então ao todos:

— Sinto muito, mas não posso falar mais do que isso agora. Preciso de um tempo para pensar. Não consigo entender o que realmente aconteceu comigo naquela casa. Preciso compreender melhor as coisas, minha cabeça está totalmente confusa... Além do mais, estou com uma sensação de fraqueza constante, desorientação, depressão... quero dizer, eu realmente preciso de um tempo para conseguir compartilhar com vocês tudo o que aconteceu comigo durante minha estadia na casa do dr. Alonso. Eu me sinto como se não tivesse certeza de que realmente vivenciei todas aquelas coisas, ou se tudo não passou de um pesadelo, ou uma sombria fantasia minha... É como se eu ainda estivesse fora de mim mesmo, se é que vocês me entendem.

Marlui sentou-se ao lado de Thomas e agradeceu Gabriella pela refeição deliciosa. Depois, disse:

— Não tenho certeza se seria o caso de irmos atrás do dr. Alonso nesse momento. Concordo com o Thomas. Precisamos dar um tempo e analisar melhor toda essa situação, porque não só o dr. Alonso me parece ser um homem perigoso e poderoso, mas também porque há outras questões mais urgentes. Garanto a vocês que existem outras lutas, quero dizer, outras causas muito sérias, na verdade, pelos quais vale a pena lutar.

Jonas se serviu de salada fresca antes de dizer:

— Você se refere à luta dos povos originários... é isso? A preservação das florestas?

— Bem, eu gostaria de convidar todos vocês para passar um tempo conosco, em nossa comunidade. Tenho certeza de que vocês iriam gostar muito da experiência.

André e Manuel imediatamente aceitaram o convite, assim como Jonas e Gabriella. Vera fez um comentário:

— Imagino que serei obrigada a comprar um bom par de tênis. Gente, não é para rir de mim, Marlui, sou uma típica senhora urbana, de salto altos e tudo mais...

Thomas abriu um sorriso largo e, dirigindo-se a Marlui, acrescentou:

— Posso visitar seu avô amanhã?

Marlui sorriu de volta e sugeriu:

— Gente, vamos marcar uma data para a visita. Que tal daqui uma semana? Eu só preciso de sete dias...

Vera também sorriu e disse:

— Posso perguntar o que está passando na sua cabeça, querida Marlui? Veja, ao contrário de você, não sei ler a mente dos outros... Embora, de algum modo, esteja com a impressão de que o Thomas foi convidado a visitar sua casa antes de nós. Acertei ou não?

Marlui fez que sim com a cabeça e, dirigindo-se a Thomas, perguntou diretamente:

— Que tal hoje à noite? Você quer vir comigo para encontrar meu avô?

A ESTRADA DO TATU

Dirigir na estrada de terra logo cedo, pela manhã, era refrescante. Thomas respirou fundo, olhou para Marlui, ao seu lado, e sorriu. Uma vez mais ele se viu sem palavras.

Pela primeira vez em anos, Thomas se sentiu confortável com o silêncio. Quando menino, seus pais costumavam levá-lo em longas e silenciosas viagens de carro. Sua mãe sempre lhe dizia:

— Olhe ao seu redor, meu filho, a estrada é sempre tão bonita: as árvores, as nuvens, os lagos, as paisagens de passagem... Escute a vida, abra espaço para as viagens internas. Sinta a estrada que passa por dentro de si mesmo, meu menino querido, e aproveite a viagem!

Os três — pais, mãe e filho — gostavam de atravessar as infinitas estradas rurais, trocando uma ou outra palavra, comendo bolachas de água e sal, bebendo água mineral. Após o falecimento de seus pais, Thomas viajou para lugares bem distantes, sempre reverenciando a estrada como uma espécie de espaço sagrado. Claro que ele encontrou muita gente que sentia impaciência ao viajar, que preferia isolar-se plugando os ouvidos ou então tocando música para cantar bem alto durante a jornada. Anos mais tarde, já como músico profissional, durante as viagens da turnê, Thomas viu gente que não conseguia parar de conversar e, embora ele fosse educado demais para pedir-lhes que fizessem silêncio, ele se sentia incapaz de prestar atenção ao que diziam. A estrada em si tinha tantas histórias a contar.

Já Marlui parecia compreender a profunda eloquência do silêncio. Os raios dourados do sol deslocavam-se entre as árvores gerando sombras esverdeadas e seus pensamentos rapidamente passaram por lembranças mais recentes: Marlui entrando na casa dele para pegar as malas. A risada dela, cheia de surpresa e doçura, ao surpreender todas as malas, cadernos, recortes de jornal, livros antigos, partituras e discos de vinil. Os longos beijos, a lenta e intensa troca, o delicado toque entre seus corpos na cama. A noite tranquila e profunda ao lado dela. A primeira refeição juntos, na casa dele. Thomas desejando que ela ficasse mais tempo com ele, para que se amassem ao menos duas vezes mais, e Marlui pressionando para que saíssem da cidade e pegassem a estrada, pois ela queria muito voltar para suas árvores adoradas.

Depois de cruzar a ponte sobre um largo rio, Marlui indicou a Thomas o caminho da estrada de terra. Do lado esquerdo ele viu as plantações de milho, do lado direito, o verde pulsante da floresta fechada.

— Pare o carro, Thomas! — disse Marlui repentinamente.

À beira da estrada ela viu dois garotos e uma menina tentando carregar um saco enorme e, aparentemente, pesado.

— São meus parentes! — ela lhe disse. — Vamos dar uma carona para os meninos!

Impressionado com os movimentos rápidos e flexíveis dos garotos ao subirem no carro, ele os ajudou a ajeitar o saco enorme no banco traseiro. Os meninos não paravam de gargalhar e Marlui caiu na risada depois que eles lhe disseram algo em guarani.

Curioso, Thomas estacionou o carro para ver o que acontecia no banco traseiro. Foi quando ele viu: a cabecinha escura de um tatu saindo para fora.

— O que é isso? O tatu está vivo?

— Claro que sim — Marlui lhe disse. — Eles não estão caçando esse tatu, eles só estão tentando fazer que ele se mude para outro lugar.

A ESTRADA DO TATU

Thomas teve a impressão de ter atravessado um portal, adentrado um espaço onde as coisas aconteciam segundo leis que ele não conhecia.

— É isso aí! — disse um dos meninos. — Queremos jogar futebol perto da entrada da floresta, e esse tatu esburaca todo o chão do campo. Ele vai gostar da casa nova, fica pertinho daqui, só um pouco mais para a frente.

— Esse tatu não volta mais para nosso campo, eu já sei! — disse a garota.

— Ah, não tenho muita certeza, não... — Marlui disse às crianças e acrescentou: — Se o tatu voltar para o lugar antigo dele, não é para incomodá-lo mais, certo? Vocês precisam deixá-lo do jeito dele. E aí vocês jogam no campinho mesmo com os buracos, combinado?

Thomas continuou a dirigir, rindo sozinho, feliz por ter se apaixonado por uma garota que se importava tanto com as vontades de um tatu.

DE VOLTA PARA CASA

Thomas estacionou o carro numa clareira, à sombra das árvores. Marlui cumprimentou um homem idoso carregando um feixe de lenha nas costas. Os músculos de seus braços fortes brilhavam sob o sol e seus passos eram firmes, embora um pouco lentos.

— Marlui, será que nós não deveríamos ajudá-lo? — indagou Thomas.

— Claro que não... — ela respondeu. — Ele ficaria ofendido. É o trabalho dele, afinal.

— Que idade tem esse senhor? — perguntou Thomas.

— Não sei direito. Acho que ele tem uns oitenta anos...

Marlui ajudou Thomas a retirar a bagagem do porta-malas. Com o violão preso às costas, Thomas a seguiu, subitamente encantado com a beleza das tatuagens coloridas nos corpos dos jovens que vieram cumprimentá-los. Eles se apresentaram espontaneamente e se dirigiram a Marlui em guarani, inicialmente, depois, disseram a Thomas:

— Gostamos da sua música. Nós já conhecíamos você da internet. Sempre vemos seus vídeos. Eles são muito bons.

Thomas e Marlui levaram as malas até a casa dela, o interior era lindamente decorado com panos estampados, coloridos, presos nas paredes e também cobrindo as janelas. Sobre uma mesinha de bambu, ele viu o laptop dela e vários cadernos. Pilhas de livros se espalhavam sobre duas mesas de cabeceira de madeira esculpida. A cama larga, e alguns tapetes artesanais ocupavam o chão batido.

Pequenas esculturas de animais ficavam ao lado do laptop. Thomas pegou o tatuzinho e sorriu.

— É minha mãe quem faz os animaizinhos de madeira. Eles são tão lindos, não é mesmo? — disse Marlui.

Thomas reparou em dois cachimbos esculpidos em madeira ao lado das estatuetas e perguntou:

— Você fuma cachimbo, Marlui? Eles são seus?

— Sim, eu mesma os fiz. Mas não fumo cachimbo como as pessoas fazem na cidade. Para nós, os cachimbos são sagrados. Nós os usamos em cerimônias, para entrar em contato com nossos guias espirituais.

Thomas lançou o corpo na cama de Marlui. Ela era macia e confortável. Ele apreciou o suave aroma das ervas e flores em copos de água na mesinha de cabeceira.

— Ah, Thomas, temos companhia! — disse Marlui como se estivesse feliz ao observar a reação de Thomas à sua casa.

Um cachorro alto, de corpo delgado, saltou sobre a cama e se ajeitou ao lado de Thomas. De início, Thomas se assustou, mas quando o cão lambeu seu rosto ele caiu na gargalhada.

— Esse é o Jagua, meu querido e fiel amigo... — ela disse.

Jagua desceu da cama rapidamente e Thomas abraçou Marlui com ternura. Ela o beijou e depois tocou a face dele com ambas as mãos, olhando fundo em seus olhos. Lágrimas desceram pelo rosto de Thomas.

— O que está acontecendo comigo, Marlui? Por que a música me abandonou? Eu pude ver os seres sonoros dançando ao redor das crianças, eu até consigo vê-los agora, pairando sobre você, mas eles não se aproximam mais de mim. Sinto tantas saudades da companhia deles. Veja, quando perdi meus pais, a dor era insuportável. Eu deixei de ser uma criança como todas as outras. Eu me senti excluído da vida normal. Não queria mais brincar, estudar, ter uma infância. A única coisa que me consolava era a companhia dos seres sonoros e dançantes. Eles me davam vontade de continuar a viver.

Marlui respirou fundo. Manteve silêncio por alguns segundos, enquanto beijava lentamente a cabeça de Thomas. Quando abriu a boca para falar, já sabendo o que dizer, a cortina da entrada da casa se abriu e uma cabeça apareceu. Olhos profundos, cabelos lisos, espessos, o jovem tirou o cachimbo dos lábios para lhe perguntar:

— Posso dar uma ajuda?

— Sim, claro... — disse Marlui e, depois, dirigindo-se a Thomas. — Este é o meu irmão Kaue.

Thomas cumprimentou Kaue com a cabeça enquanto Marlui dizia:

— Entra aqui, meu irmão.

Thomas levantou-se da cama, e Jagua saiu pela porta, enquanto Marlui e seu irmão conversavam em guarani. Em seguida, ela traduziu a conversa para Thomas.

— Nosso avô está vindo aqui, para ver você, Thomas. Mas meu irmão acha que seria melhor fazer uma limpeza em você antes. Ele pode fazer isso?

— Limpeza? Eu tomei banho hoje cedo, lembra? Não estou me sentindo sujo... Mas sei lá, Marlui, façam o que tiverem que fazer...

Marlui pegou um banquinho e se sentou diante de Kaue e Thomas. Kaue se aproximou e disse a Thomas:

— Por favor, sente-se na cama e feche os olhos...

Thomas obedeceu e, ao fechar os olhos, sentiu o doce aroma das ervas quando Kaue soprou a fumaça de seu cachimbo sobre o topo da cabeça dele. Percebeu que Kaue cantarolava uma prece, bem próximo dos ouvidos dele. Sentiu as mãos do irmão de Marlui pressionarem o topo de sua cabeça e o calor que elas emanaram lhe transmitiu bem-estar. De repente, ele se viu como uma criança novamente. Lá estava ele, abrindo a porta de casa pela primeira vez, desde o falecimento de seus pais. Uma vez mais, Thomas sentiu o temor, a dor, o vazio e a perplexidade diante da ausência deles. As palavras "minha casa" perderam o sentido. Thomas se viu dentro de um espaço vazio. Sentindo-se perdido no vácuo, o menino estremeceu de frio ao atravessar o saguão em direção ao quarto. As lembranças eram tão dolorosas que Thomas tentou levantar-se da cadeira para afastá-las da mente, mas as fortes mãos de Kaue sobre sua cabeça impediam seus movimentos. Nisso, ele os viu de novo.

Os seres sonoros secretos. Não apenas os seres, mas Thomas viu a si mesmo, ainda um pequeno menino perdido, entrando em contato com as criaturas dançarinas pela primeira vez na vida. Passado e presente se mesclaram e uma nova dimensão de tempo abriu-se em sua mente. Thomas abriu os olhos involuntariamente. Lá estava ela! Marlui! A boca aberta, os olhos a observar as colunas de fumaça sobre a cabeça de Thomas. Ele teve a certeza de que ela tinha compartilhado da mesma visão! Nem seria preciso falar. Marlui vira seu passado, seu presente e agora ele só queria compartilhar o futuro com ela. Subitamente Thomas levantou-se do banquinho tomado pela necessidade urgente de agradecer a Kaue por tê-lo conectado novamente aos seus companheiros musicais.

— Não encoste em mim agora! — disse Kaue, desviando-se rapidamente do abraço dele.

Thomas ficou magoado, assustado e perdido outra vez. Virou-se em direção a Marlui para lhe pedir uma explicação, mas, nesse momento, outra pessoa entrou na casa: os cabelos longos, olhos penetrantes que o examinaram dos pés à cabeça. Como Kaue, ele também fumava um cachimbo. A forte figura ficou imóvel enquanto Thomas ouviu-se dizendo:

— Eu já conheço o senhor! Foi o senhor que eu vi na floresta de eucaliptos!

Marlui deu um passo adiante, sorriu e disse:

— Thomas, esse é o meu avô Popygua!

O CONVITE

Thomas saiu da casa de Marlui ao lado dela e de seu avô. Popygua meneou a cabeça, dizendo:

— Muito prazer, meu jovem. É bom você estar aqui, diante de meus olhos.

O jovem olhou para a grama, sem saber se realmente deveria se referir ao suposto encontro anterior entre ambos. Finalmente, ele tomou coragem e disse:

— Meu senhor, eu não consigo entender. Lembro-me de ter visto o senhor perto das árvores, do lado de fora da casa do dr. Alonso. Mas não me parecia real. Quer dizer, era como se o senhor fosse parte de uma espécie de visão ou sonho vívido. Como pode?

— Sim, é verdade que eu viajei ao seu encontro — confirmou Popygua. — Quero dizer, foi meu espírito que fez isso. Você pode não acreditar em minhas palavras, mas todas essas antigas formas de comunicação, assim como falar sem palavras, fazer um sonho, uma jornada espiritual e tudo mais, são tão desacreditadas pelos ditos "civilizados". Mas são práticas que permanecem vivas entre nós.

Marlui sorriu para o avô. Os três ficaram frente a frente por alguns segundos. Depois, Popygua declarou:

— Thomas, venha comigo. Vamos dar uma caminhada!

Thomas virou-se para convidar Marlui a acompanhá-lo, mas ela já tinha entrado de volta na casa. Ele a ouviu dizer:

— Jagua está com fome! Preciso cuidar dele agora!

O CONVITE

O jovem percebeu que precisava acompanhar Popygua. Para sua surpresa, o senhor caminhava com destreza e rapidez, indicando-lhe a trilha da floresta. Thomas o seguia tropeçando em pedregulhos, raízes, sentindo-se totalmente desengonçado ao tentar manter o mesmo ritmo. Thomas riu de si mesmo, tomado pela sensação de ser apenas um garotinho atrapalhado.

— Que bom! Você está rindo outra vez... isso é mesmo muito bom... — murmurou Popygua alguns passos adiante dele.

Samambaias verdejantes penduravam-se dos troncos das árvores e suas folhas delicadas acariciavam a pele de seus braços enquanto atravessavam a trilha estreita; lagartos deslizavam em torno de seus pés, pássaros e macacos se moviam sobre sua cabeça, no alto das árvores. Thomas saltou sobre um riacho, finalmente começando a ficar mais à vontade, o corpo inteiro refrescado pelo ar puro, somando-se à sensação súbita e agradável de caminhar no meio de tantos seres vivos. Poucos passos adiante, parado de pé à margem do rio, lá estava Popygua, à sua espera.

Assim que Thomas se aproximou, Popygua sentou-se na grama e fez um gesto para que o jovem o imitasse.

— Feche um pouco os olhos, meu jovem. Você está precisando de sol...

Inicialmente, Thomas se sentiu desconfortável ali, sentado ao lado daquele senhor, sem saber o que dizer ou fazer. Mas, aos poucos, os raios de sol se espalharam sobre seu rosto e braços, como um bálsamo agradável e terapêutico. Ele sentiu o aroma delicioso da água fresca, cristalina e, lentamente, deixou-se encantar pelo movimento sutil e suave das ondas do rio.

Lá ficaram ambos, o jovem músico e o pajé, durante bastante tempo. Thomas estava se sentindo tão em paz que não se movia, para não quebrar a harmonia daquela experiência tão calmante.

Finalmente, Popygua lhe disse:

— Segundo nossas crenças, as pessoas têm mais de um corpo, como se fosse um duplo. Não é a mesma coisa que o espírito, ou alma, da maneira como vocês de fora daqui conhecem. Para nós, cada ser vivo tem um duplo...

Thomas ficou parado, fitando o perfil de Popygua, mas não conseguia ver os olhos dele, pois o velho os mantinha focados no rio enquanto falava.

— Quantas margens do rio você consegue ver? — ele indagou.

— Posso ver a margem em que estamos aqui, sentados, e a outra, à nossa frente, à distância.

— Bom, o rio também tem seu duplo, assim como as árvores, os animais e, é claro, você e eu. Quando você esteve em perigo, enviei o meu duplo para protegê-lo, como se fosse um escudo. Mas as pessoas que estavam ao seu lado naquela noite não tinham a intenção de feri-lo fisicamente. Elas sabiam que não poderiam fazer isso. Elas só queriam capturar o seu duplo. Ou espírito se você prefere chamá-lo assim...

Thomas ficou sem palavras, assim como já tinha acontecido várias vezes depois de encontrar Marlui. Popygua prosseguiu:

— Você ainda precisa de tratamento. Seu coração ocultou muita dor com o passar dos anos. Foi por isso que aquelas pessoas conseguiram te capturar. Para quem vê está de fora, você dá a impressão de ser um jovem poderoso, mas há uma ferida em seu coração. Se você não conseguir curá-la, outras pessoas darão um jeito de dominá-lo outra vez.

Thomas se deslocou de seu lugar de modo a ficar de frente a Popygua. Depois fez a pergunta:

— Popygua, o senhor está me dizendo que eles vão tentar roubar minha música outra vez?

Popygua levantou-se e deu uma gargalhada antes de dizer:

— A sua música? Será que o sol lhe pertence? Será que as estrelas são suas?

A noite caía e as primeiras estrelas brilhavam no céu azul-claro. Popygua regressou à floresta, Thomas correu em seu encalço, esforçando-se para acompanhá-lo e ouvir de perto o que ele dizia:

— Meu jovem, somos nós que pertencemos à terra, e não o contrário. As árvores têm vida, elas falam, cantam, e, desde que você era bem pequenino, foi escolhido por elas. Você não veio até aqui por acaso.

— Por favor, Popygua me conte mais sobre essas coisas. É tudo tão novo para mim... — disse Thomas.

Popygua não disse mais nada e caminhou silenciosamente pela floresta até estarem de volta à casa de Marlui. Ela cumprimentou a ambos com um grande sorriso. Popygua parou na porta da casa dela e disse:

— Meu jovem, você está convidado a cantar na casa de reza. Espero por você hoje à noite, lá pelas oito horas.

— Será uma honra, Popygua!

Thomas teve a impressão de que um fardo enorme fora retirado de seus ombros. Sorriu, sentindo-se muito jovem; na verdade apenas um garotinho que queria muito aprender. Marlui havia preparado uma refeição deliciosa. Thomas se sentou diante da mesinha de bambu e esvaziou seu prato.

VIVA A DIFERENÇA

Vera entrou em seu apartamento, tomou uma ducha, comeu um lanche e foi até o antigo escritório de sua mãe. Seu apartamento de quatro quartos havia sido decorado de acordo com as regras de elegância clássica: as paredes eram bege, os sofás confortáveis, de cores escuras, as mesas de vidro, a cozinha moderna e toda equipada. No entanto, ela ainda conservava o lugar preferido de sua mãe exatamente da mesma maneira. A escrivaninha de mogno brilhante, o grande globo azulado, o divã em formato de meia-lua encostado contra as paredes cor de malva.

O mais importante foi manter as prateleiras de livros de sua mãe exatamente como ela amava. Além dos livros, as estantes eram repletas de diversos objetos: as bonecas russas, a coleção de pêndulos, os lindos cristais translúcidos, as estatuetas delicadas.

Quando criança, Vera se apaixonou por caleidoscópios, a coleção de baralhos de tarô e os espelhinhos requintados. Estes ficavam na parede da escrivaninha. "Mamãe iria gostar muito dos meus novos amigos e as crianças iriam adorá-la...", ela pensou.

Vera ergueu os olhos na direção das prateleiras. Ela sabia qual delas abrigava os livros de alta magia. Sua mãe tinha até um nome mágico secreto: Maya. Vera sabia o significado do nome: a ilusão. Sentando à escrivaninha, Vera tocou os cristais e, subitamente, percebeu que o relacionamento entre seus pais daria a impressão de ser muito fora do comum nos dias de hoje. Seu pai era um advogado pé no chão, e sua mãe, uma mulher sonhadora, sensitiva e mística. Ela nunca mais encontrou um casal como eles. Talvez fossem um par complementar, pois pareciam sempre tão apaixonados. Como filha única, Vera se sentia muito mais próxima do universo realista de seu pai do que dos sonhos de sua mãe.

"Meus pais jamais teriam se conhecido nos dias atuais", pensou. Nenhum aplicativo os poria juntos, pois eram duas personalidades muito distintas. "Gente que pensa igual?" Vera fitou seu próprio reflexo no espelho. "Para mim, isso soa como fascismo. *'Vive la difference!'*"

Em seguida, Vera pegou o celular e mandou a Jonas uma mensagem de texto:

"Precisamos falar do dr. Alonso. Acho que você está certo. Ele tem que ser detido. O que podemos fazer?"

A MÚSICA DAS ÁRVORES

Sentado no banquinho de madeira entalhada, do lado de fora da casa de Marlui, Thomas dedilhava seu violão. A delicada melodia que saía dos dedos dele, ecoava pelas árvores. Ao seguir seu impulso musical, Thomas começou a bater os pés no solo e a murmurar alguns sons. Ao lado de Thomas, agachada sobre a grama, Marlui esculpia uma oncinha de madeira. Quando seus olhos se ergueram da estatueta, ela se pôs a fitar o anoitecer, em silêncio. Talvez em outro momento, em outro cenário, Thomas teria começado a conversar, pois tantas eram as coisas que ele queria compartilhar com Marlui. Mas ele temia falar e, de algum modo, perturbar a harmonia de sua troca sem palavras e tão tranquila. Thomas se concentrou em captar os misteriosos sons da floresta por meio de sua música. Marlui foi, finalmente, a primeira a falar:

— Então, agora você consegue ouvir a música das árvores...

Thomas seguiu tocando delicadamente e disse em voz baixa:

— Acho que sim... de certa maneira.

— Meu avô diz que no começo do mundo todos os seres eram capazes de escutar a música uns dos outros. Não havia necessidade de conversar, discutir, as pessoas só cantavam, misturando suas vozes aos ruídos da floresta e de todos os seres vivos. As pessoas sofriam e choravam ao ouvir o grito de uma árvore em queda, alegrando-se com as melodias dos pássaros e, o principal, elas falavam o idioma do vento. Por que então depois começaram a se recusar a ouvir a natureza?

"Chamamos todos os povos da floresta de parentes. Cada nação tem seus próprios mitos e tradições, mas algumas coisas permanecem sagradas entre nós, como a reverência às florestas. Bom, outro dia, ouvi que um parente nosso disse ao vovô que algumas pessoas não vieram da terra, originalmente, mas, sim, das estrelas distantes. É por isso que não se sentem ligadas às árvores, montanhas, rios ou animais. É também por isso que se sentem superiores e no direito de tentar controlar todas as formas de vida, isso sem falar de destruí-las para seu próprio proveito. O que é o conforto, afinal? Só ter coisas novas? Como diz um parente nosso: 'não dá para comer ouro...'"

Thomas parou de dedilhar o violão e interrompeu o monólogo de Marlui dizendo:

— As estrelas... olhe só para elas. São tão lindas de olhar numa noite enluarada. Eu adoro ficar olhando as estrelas e a lua, principalmente quando entram no lugar do sol ao entardecer. Bom, o dr. Alonso e seus órficos acreditavam que devemos reverenciar uma constelação em especial: a de Orfeu. Deve haver algum elo perdido entre esses mitos, quero dizer, as suas narrativas e os antigos mitos gregos.

Marlui ficou de pé, encarou Thomas com olhos sorridentes e disse:

— Somos bem antigos, isso é verdade... muito, muito antigos, na verdade. Tem gente que nos chama de subdesenvolvidos, pois eu digo que os humanos de hoje são, na verdade, degenerados, não desenvolvidos como dizem ser.

Thomas levantou-se do banquinho e acompanhou Marlui para dentro da casa dela, perguntando:

— Como assim?

— Por acaso a poluição é sinal de evolução? Segregação? Violência entre os jovens? Racismo? Diga se tudo isso não soa como decadência... Nós respeitamos a ciência de vocês, usamos a sua tecnologia, mas eu queria muito que vocês também fizessem o mesmo com nossa Sabedoria Tradicional...

Thomas aguardou enquanto Marlui trocava a roupa, usando agora um lindo vestido de algodão. Quando ela ficou pronta, ele disse:

— Outro dia ouvi um sábio oriental dizer que, se todas as pessoas pudessem ver o grande mosaico do conhecimento da vida, talvez percebessem o quanto os saberes se complementam. Eu sei que isso é utópico, mas gosto de pensar nesse mosaico, mesmo assim.

Marlui beijou Thomas e o abraçou por longos minutos antes de dizer:

— Esse também é o meu sonho. Mas, agora, vamos cantar na casa de reza. Será muito lindo. Tenho certeza de que você vai gostar...

— Posso levar meu violão? — indagou Thomas.

— Você quer levar o violão? — perguntou Marlui, dando-lhe outro beijo.

— Sim, acho que estou começando a captar novas canções e melodias, seria muito bom tocá-las.

Marlui calçou as sandálias e atravessou a pequena trilha entre as árvores. As pessoas já saíam de casa para rezar e Thomas os acompanhou. A cada passo era como se ele já conseguisse ouvir um canto forte e vibrante.

A CONTADORA DE HISTÓRIAS

Gabriella gostava de tirar pó das estantes ao entardecer. Ela sabia que não se tratava de um hábito convencional, pois a maior parte de seus amigos preferia arrumar a casa no período da manhã. Ela não. Adorava levantar da cama, fazer o café da manhã e escrever. Os sonhos sempre lhe traziam ideias, cenas, diálogos, uma atmosfera peculiar que pedia por suas palavras. Por sua vez, acreditava que o quarto de seus filhos precisava estar devidamente organizado para que dormissem tranquilos com seus próprios sonhos. De modo que, em sua rotina pessoal, o cair do sol era o melhor momento para fazer faxina; depois disso, ela preparava o jantar, geralmente com a ajuda de Jonas, que ela considerava ser um cozinheiro bem mais talentoso do que ela.

Gabriella recolheu os novos desenhos dos meninos. André já era capaz de escrever algumas palavras e frases, então seus desenhos vinham marcados por nomes estranhos inventados por ele. A mãe sorriu ao lê-los e passou alguns minutos apreciando as invenções. Já Manuel estava mais interessado em pintar vibrantes combinações de cores. Juntos, eles se divertiam inventando todo tipo de criatura esquisita. Havia um método na brincadeira. Manuel escolhia as partes dos velhos brinquedos quebrados e as juntava. Uma nova criatura surgia então. André imediatamente a desenhava para que ambos pudessem nomeá-la. A nova invenção era um pequeno dragão cantante, maluco e encantador. Ele tinha uma boca feroz para cuspir fogo, mas os olhos enormes emitiam o mais puro amor.

Gabriella retirou o novo desenho de cima da mesinha e o prendeu no mural de cartolina. Em seguida, recolheu os livros favoritos, espalhados sobre as camas e os colocou sobre as mesinhas de cabeceira. André adorava contos de fada, e Manuel preferia livros sobre animais de verdade em seus *habitats*.

De vez em quando ela adorava ser surpreendida pelos sonhos misteriosos de seus filhos, suas invenções e decisões inesperadas, como quando ambos insistiram que ela os levasse até a praça para encontrar um novo amigo. Como aquilo poderia ter acontecido? Por que as crianças, aparentemente, parecem beber de uma fonte secreta de sabedoria à qual os adultos perdem o acesso à medida que crescem?

O telefone tocou. Era Vera.

— Boas notícias, minha querida! Jonas e eu já conversamos com as famílias das vítimas e todas concordaram em mover uma ação contra o dr. Alonso por prática de charlatanismo e abuso psicológico. Agora precisamos do consentimento do Thomas para que possamos incluir o nome dele também...

Gabriella sentou-se na cama de Manuel e, por alguns segundos, foi dominada pelo desejo de proteger seus filhos contra todos os tipos de abuso ao longo de suas vidas. Depois disse:

— Marlui levou Thomas para a comunidade dela, na reserva florestal. Ela costuma responder aos e-mails com rapidez...

— Você não acha que podemos visitá-los amanhã cedinho? Tenho certeza de que seus meninos vão adorar encontrar com a Marlui e o Thomas outra vez. Ela nos convidou diversas vezes, lembra? — sugeriu Vera.

— Sim, é uma ótima ideia! — Gabriella concordou.

Vera então acrescentou:

— Acho que você precisa se apressar, minha querida. O dr. Alonso é conhecido pelas longas viagens a lugares remotos. Só basta ele tirar um ano sabático e viajar para o exterior. Ouvi dizer que ele tem várias propriedades em outros países.

— É mesmo? Ele realmente parece um típico milionário vilão de filme de ação. A vida imita a arte ou é o contrário? — disse Gabriella com um sorriso cínico.

— Vilão, charlatão, sei lá... — disse Vera. — Seu marido está muito otimista quanto à possibilidade de derrotar o dr. Alonso, mas eu não. Mesmo que não dê em nada, sempre haverá burburinho na universidade e o prestígio dele será maculado. Na verdade, o que desejo mesmo é que ele fique longe de gente jovem e talentosa. Se conseguirmos isso, será uma vitória.

CINCO CORDAS

A voz dele é tão forte e bonita quanto no sonho...
Sentado em um longo banco de madeira, ao lado de Marlui e vários outros jovens da comunidade, Thomas apreciava o canto de Popygua.

Uma espessa cortina de fumaça produzia sombras que circulavam ao redor dos corpos de diversos outros cantores que lentamente se deslocavam dentro do espaço vazio da casa de reza.

A expectativa de Thomas, ao entrar na casa de reza, era encontrar um templo repleto de imagens e estatuetas, talvez um chão de mosaicos, mas não havia nada disso. As paredes nuas feitas de argila eram cobertas por um telhado de palha. Vários bancos cercavam um espaço central no qual se via apenas um banquinho de madeira e, sobre ele, uma linda menina de olhos fechados. Popygua cantava, fumava seu cachimbo e lançava nuvens de fumaça sobre a cabeça dela.

— Ouça... — disse Marlui. — É uma cerimônia de cura.

Thomas ficou observando enquanto alguns poucos jovens dançavam lentamente ao redor de Popygua, fumando seus cachimbos, de olhos fechados. Seus movimentos eram tão precisos que ninguém tropeçava ou caía.

— Posso cantar e tocar? — indagou Thomas.

— Não. Só se o meu avô lhe disser para fazer isso. Você não deve tocar as pessoas. Elas estão muito sensíveis nesse momento — disse Marlui.

Alguns jovens se sentaram sobre um tapete de palha e começaram a tocar os tambores, enquanto outros tocavam violão. A música era hipnotizante e, de certa maneira, parecia conter fragmentos da melodia que Thomas passara a tarde tocando.

O ritmo lento e revigorante parecia proporcionar ondas de entusiasmo e felicidade instantânea a Thomas.

— Isso é tão incrível! — ele ficava repetindo, mesmo que Marlui lhe implorasse para fazer silêncio.

Popygua fez um gesto indicando que a menina podia sair de seu banquinho e descansar sobre o tapete de palha. Ele sorriu para Thomas e o abordou:

— Bem-vindo, meu jovem.

Thomas apanhou o violão e, dedilhando as cordas, não parava de falar:

— Isso é tão sensacional! O canto, a atmosfera mágica, eu já me sinto totalmente renovado! Estou curado! Estou me sentindo tão bem que quero participar da cerimônia! Posso tocar para você cantar, Popygua? Seria realmente uma honra para mim, compartilhar desse momento com todos vocês, seria meu presente, minha contribuição...

Popygua interrompeu Thomas abruptamente:

— Não. Você não pode tocar!

— Não? — indagou Thomas, surpreendido por uma mistura de sentimentos: decepção, desespero, profunda rejeição e, ao mesmo tempo, uma estranha e inesperada sensação de alívio.

— É para ficar só escutando, meu jovem... você tem que voltar a escutar, é só isso...

Sem saber o que dizer, Thomas colocou seu violão de seis cordas sobre o colo e escutou a música. Popygua voltou ao centro do círculo para cantar. Sua voz alta não soava mais humana, era como se ressoasse o canto de um pássaro mítico e eterno.

Todo o corpo de Thomas estremeceu e ele fechou os olhos. Imediatamente ele viu a si mesmo voando por sobre as copas das árvores. Ele era capaz de ouvir cada pequeno movimento dos macacos saltando de galho em galho, um milhão de cantos de pássaros e a música sutil que emanava das gotas de orvalho a cair das folhas brilhantes, bem como o estalido dos troncos ao vento. Tudo isso lhe transmitia mensagens de paz e acolhimento.

Os olhos dele podiam captar novas tonalidades de cor noite adentro, a grama se abria adiante de seu corpo que agora corria velozmente, ao mesmo tempo que ele farejava aromas vegetais e florais. Thomas reabriu os olhos, esperando ver-se de volta à casa de reza, Marlui, mas agora seus olhos pregaram em seus dois pés descalços sobre o chão de terra. Nisso, seus dedos começaram a estender-se, fincando-se na terra, espalhando-se como se fossem longas raízes. Nada disso o assustava, muito pelo contrário. Pela primeira vez em toda sua vida, Thomas sentiu um profundo desejo de viver. Ele só queria ficar ali sentado, vivo.

Repentinamente, Thomas ouviu um ruído rápido e, ao olhar para o violão, percebeu que uma das cordas dele havia se rompido, do nada, como se tivesse vida própria.

Thomas abriu os olhos e viu Popygua agachado diante dele, rindo às gargalhadas antes de dizer:

— Aqui, nós só tocamos com cinco cordas, você sabe? É assim desde o início dos tempos. A voz da floresta só precisa mesmo é de cinco cordas. Agora seu violão está pronto para falar conosco. Toque seu violão, por favor. Toque para nós...

Thomas levantou-se, caminhou até os jovens que tocavam tambor e violão sentados no tapete de palha e tocou. Pela primeira vez ele compreendeu que os seres secretos dos sons sempre habitavam o seu coração e cabia a ele abrir-se para ouvi-los e acolhê-los.

Nessa hora, Thomas se sentiu unido à floresta, a todas suas criaturas, ao rio, às estrelas e a tudo o que existe.

DIÁRIO DE **Thomas**

SEIS NOVAS HABILIDADES

1 – Agora eu enxergo de olhos fechados.
2 – Agora eu escuto com as pontas dos dedos.
3 – Agora eu sinto cheiro sem respirar.
4 – Agora eu sinto sabores sem comer nada.
5 – Agora eu sinto as coisas sem tocá-las.
6 – Agora eu sinto todos os sentidos,
mesmo quando eles não fazem sentido algum.

SIMPLES E VERDADEIRO

— **P**osso entrar na brincadeira?
Marlui dirigiu-se aos garotos em guarani e depois virou-se para Thomas:
— Eles querem que você também venha nadar! Anda, Thomas!

As águas do rio eram verdes e cintilantes. Seis garotos já estavam nadando, jogando água para todos os lados, gargalhando com os saltos dos cachorros que os acompanhavam. O sol do meio-dia era tórrido e Thomas sentiu os ombros ardendo, por isso mergulhou fundo. Não havia correntezas, as águas fluíam docemente. Ele tentou nadar em seu melhor estilo *crawl* e, rapidamente, alcançou a margem oposta. Ao sair das águas percebeu que nenhuma das crianças o acompanhou.

— Venha, pessoal! Vamos competir! O primeiro que chegar ganha o prêmio!

Ninguém mergulhou no rio, aconteceu o oposto. As crianças saíram das águas e se sentaram na areia da margem, conversando entre si. Thomas gritou:

— Marlui! Por que eles não vêm brincar?

Marlui mergulhou e atravessou o rio por baixo das águas. Thomas a observou, pensando que ela parecia uma sereia mítica, embora não representasse perigo algum. Depois, Marlui jogou os longos cabelos molhados para trás antes de sentar-se ao lado de Thomas.

— A garotada aqui não gosta de competição — ela disse.

— Como assim? Toda criança gosta de ser a primeira — disse Thomas.

Marlui deu risadas e beijou o rosto molhado de Thomas antes de dizer:

— Aqui, entre nós, é diferente. As crianças aprendem a esperar pelas mais lentas. Especialmente quando estão nadando no rio.

Thomas fez silêncio por alguns minutos e comentou:

— Desculpe. Você está certa. Faz mais sentido. Aliás, aqui tudo soa tão simples e verdadeiro. Posso passar um tempo com você? Mesmo que sejam poucos dias? — ele indagou.

Ela o abraçou longamente e disse:

— Você não vai se importar em viver como nós? Quer dizer, você não terá o conforto habitual. Nada de quarto com banheiro privativo, a comida é simples, sem luxo nem nada.

Thomas beijou Marlui e disse:

— Vou ficar muito confortável. Emocionalmente, eu quero dizer. Venho me sentindo tão em paz, tão criativo, tão centrado...

Marlui olhou para o rio e sentiu profunda felicidade. Sorriu e acenou para as crianças na margem oposta do rio. Eles já estavam indo de volta para casa. Hora de almoçar.

— Andei pensando no mito de Orfeu — disse Thomas. — Ele derrotou todas as feras do inferno por meio da beleza de sua música. Agora eu percebo o óbvio: os mitos falam das terras perdidas que carregamos dentro de nós mesmos. Popygua me ensinou algumas canções de cura... a vida não gira em torno de ter cada vez mais poder, mas em ser capaz de compartilhar, receber, aceitar as dádivas. Quer dizer, talvez eu possa usar um pouco do que aprendi e dos recursos que tenho para que todos possam apreciar a beleza de sua tradição...

Marlui abraçou Thomas.

— Preciso lhe dizer uma coisa: eu não gosto muito dessa tal de Eurídice, não.

— Como assim? — quis saber Thomas.

Marlui riu e acrescentou:

— Ela é tão frágil, tão submissa... Por que ela não fugiu do inferno para encontrar Orfeu do lado de fora? É o que eu teria feito. Outra coisa: Hades não a proibiu de falar com Orfeu, de modo que era só ela avisar, dizer ou fazer algo que garantisse ao seu amado que ela o seguia. Ela poderia tocá-lo ou talvez atirar um pedregulho para a frente, no caminho... Nenhuma de nós aqui teria sido tão estúpida. Mas, é claro, é só uma história...

ASSIM COMO ESTÁ EM CIMA, ESTÁ EMBAIXO

Eu sabia! Eu sabia!

Jonas não parava de reclamar dentro da minivan, a caminho da floresta. Vera dirigia em silêncio, as crianças brincavam no banco de trás enquanto Gabriella o escutava.

— O dr. Alonso já fugiu! Ele sumiu no mundo! Pelo menos ele pediu exoneração do cargo na universidade. A atmosfera na faculdade vai ficar bem melhor sem ele por perto, isso é certo!

Gabriella entregou duas garrafas de água aos meninos e disse a Jonas:

— Você não acha que ele deveria ser punido?

Vera comentou:

— Ele é muito poderoso e encontrará jeitos de escapar, adiar, negar as acusações de má conduta e tudo mais. Mas, ao menos, a reputação dele sofreu um grande abalo, e jovens não serão mais recrutados tão facilmente quanto antes. Além disso, o dr. Alonso é muito vaidoso e tenho certeza de que ele não está nada satisfeito com a quantidade de posts e fotos que o denunciam nas redes sociais. A filha dele entende bem disso, vamos lembrar. Acabaram-se as famosas festas, as palestras, os convites internacionais.

— Então, pelo menos, dá pra gente celebrar! — comentou Gabriella.

— Isso aí! — disse Jonas. — E o que é mais importante, o Thomas parece ótimo. Você não acha que isso é uma boa notícia?

Vera sorriu e olhou para as árvores da floresta, à beira da estrada.

— O mundo é repleto de coisas mágicas que, pacientemente, aguardam até que nossos sentidos se tornem mais apurados, já dizia W.B. Yeats, um dos poetas preferidos da mamãe.

— Pare o carro!

Os dois meninos gritaram ao mesmo tempo, e Vera pisou no freio automaticamente.

— Olhem! As crianças na floresta!

Assim que Vera estacionou na estrada de terra, André e Manuel abriram a porta e saíram correndo do carro. Gabriella reparou em três crianças, dois meninos e uma menina, saltando dos galhos de uma árvore. Os rostos sorridentes eram encantadores quando ela os cumprimentou:

— Oi!

— Vocês vão para a casa da Marlui? — a garota perguntou e, em seguida, sugeriu: — A gente mostra o caminho...

— É, a gente quer andar no seu carro... ele é tão grande! — disse o menino.

Vera abriu a porta de trás e todas as crianças entraram. A garota foi indicando o caminho enquanto os restantes conversavam em guarani. André e Manuel davam risada, achando tudo muito divertido.

De repente, todos ouviram a música. Imediatamente, conseguiram identificar as melodias de Thomas, embora agora soasse mais forte e mais crua.

Gabriella fez anotações mentais quando viu Thomas tocando seu violão cercado de dois outros músicos, ambos muito jovens. Sentado diante de todos eles, um senhor cantava letras que ela não conseguia entender, mas imediatamente imaginou serem preces.

Vera estacionou o carro e os meninos foram seguindo as outras crianças, que se acomodavam ao redor de uma fogueira. Todos batiam palmas e cantavam a melodia como se a conhecessem bem.

Gabriella pensou na antiga Grécia, nos trágicos mitos que tanto amava desde que era menina. Ela se recordou dos deuses, semideuses, seus insanos jogos de poder sempre a reverberar nas vidas humanas. Orfeu e o poder da música. Que mito espetacular ainda a refletir na vida de tantas almas talentosas.

Agora, ao ouvir aquele som tão diferente, a palavra "poder" perdeu todo seu significado. Gabriella decidiu que, daquele momento em diante, o verbo "ter" seria substituído por "ser". Agora ela queria ouvir as lendas e mitos das florestas. E, em suas próximas narrativas, não haveria dualidades, mas o encontro de visões antagônicas. Talvez ela precisasse descobrir novos enredos, reinventando uma nova forma de narrar as histórias. Na clareira, ao lado da fogueira, cercada de música, próxima de suas pessoas queridas, Gabriella percebeu que a palavra "família" abrigava todos os seres, o centro da Tábua de Esmeralda da vida, *assim como está em cima, está embaixo...*

POSFÁCIO

DANIEL MUNDURUKU

"Quem tem ouvidos para ouvir que ouça"

Nunca é fácil escrever sobre outras culturas com a consciência tranquila e com alguma certeza de não estar cometendo gafes ou reproduzindo estereótipos seculares que, muitas vezes, empobrecem a experiência de humanidade do outro.

Nunca é fácil utilizar as palavras certas e sob medida para expressar as peculiaridades e particularidades que uma cultura carrega consigo.

Nunca é fácil falar do outro sem precisar pedir desculpas ou sem fazer grandes defesas antropológicas que justifiquem a incapacidade da compreensão pessoal e epistemológica dos modos de vida, da organização social ou mesmo das crenças que habitam as almas dos que nos são contrários.

Para que se possa fazer isso, é preciso colocar-se no lugar do outro; sentir-se parte; integrar-se; apagar-se; anular-se. Isso tudo para que se entenda que pensar o mundo a partir da outra cultura é, de certo modo, negar a si mesmo, negar seu mundo, negar a cultura na qual se está inserido. Somente assim é possível descrever um mundo completamente alheio àquele que habita quem o descreve.

A literatura é, certamente, o melhor caminho para que isso se realize. Sem travas, ela pode descrever as trevas e as luzes de um universo ímpar. Sem necessidade de acompanhar a lógica do ocidente, ela pode questioná-la a partir de outras lógicas não lineares de mundos que existem sem precisar que se comprovem a existência. Pode permitir que se conheçam outros mundos possíveis para além da narrativa mítica ocidental que ostenta ter a verdade absoluta no seu mito fundador.

Foram esses os sentimentos que em mim dialogaram ao ler *O músico*, da consagrada escritora Heloisa Prieto, com quem convivo há pelo menos trinta anos e de quem sou, sem nenhuma modéstia, fiel observador, aprendiz e amigo. Mas essas condições, longe de turvarem minha leitura, deram-me uma dimensão ainda mais potente de sua obra: ela consegue trafegar por ambos os mundos, ora transparecendo o olhar ancestral trazido pela sabedoria do pajé Popygua e da jovem Marlui, ora questionando as dobras da linearidade do mundo ocidental em sua constante fome de poder, de domínio e de colonialidade. Esta última representada pelo desejo de sequestrar a alma do jovem músico que se deixa atrair pelo discurso de poder emanado das palavras do advogado Alonso e de sua filha.

Para um leitor atento, há nesta obra um ensinamento e um enigma. Não necessariamente nesta ordem. O ensinamento nos é revelado pelos muitos discursos feitos pelos personagens indígenas centrais desta trama. O enigma também. Como já disse certo pajé de nome Jesus: "Quem tem ouvidos para ouvir que ouça."

HELOISA PRIETO *é formada em letras, com mestrado em comunicação e semiótica (PUC-SP) e doutorado em teoria literária (USP). Com cerca de cem obras publicadas — muitas traduzidas no exterior e adaptadas para o teatro, cinema e televisão —, já recebeu diversos prêmios, como o Jabuti (CBL), o Melhor Livro de Reconto, o selo Altamente Recomendável, a seleção para o catálogo de Bolonha (todos concedidos pela FNLIJ) e o Melhor Livro de Folclore (UBE). Heloisa convive desde a infância com diferentes povos originários, em especial os guaranis da Aldeia Krukutu, em São Paulo. Essa proximidade influencia sua pesquisa sobre tradições orais brasileiras e mitos e lendas universais.*

DIREÇÃO EDITORIAL
Daniele Cajueiro

EDITORA RESPONSÁVEL
Mariana Elia

PRODUÇÃO EDITORIAL
Adriana Torres
Laiane Flores
Allex Machado

COPIDESQUE
Daiane Cardoso

REVISÃO
Carolina Rodrigues

CAPA, PROJETO GRÁFICO DE MIOLO
& DIAGRAMAÇÃO
Fernanda Mello

Este livro foi impresso em 2024,
pela Vozes, para a Nova Fronteira.
O papel do miolo é Avena 80g/m²
e o da capa é cartão 250g/m².